높은 자존감의 사랑법

정아은

마름모

어중간하게 적당히 사랑한다는 개념이 내겐 없어요.

— 제인 오스틴, 《노생거 수도원》

차례

실수로 엉뚱한 사람에게 전화한 적이 있다.

"정 작가님, 웬일이세요!"

놀라는 기색이 역력한 상대의 목소리를 듣고 나서야
잘못된 번호로 걸었음을 알았다.

"아, 네…… 작가님."

상대는 공식 행사에서 두어 번 본 적이 있는
작가였다. 쟁쟁한 작가들과 호형호제하며 어울리는
이 선배 작가에게 나는 처음부터 거리를 두었다. 너무
'인싸'처럼 보여서 다가갈 엄두가 나지 않았던 것이다.

"저기…… 여쭈어볼 게 있어서요."

원래 전화 걸던 상대는 출판계에서 일하는 친구로,

전화를 받은 상대와 이름의 앞 두 글자가 같았다. 하지만 기왕 이렇게 된 거, 원래 물으려던 것을 이 선배에게 물어보자 싶어 조심스럽게 말을 꺼냈다. 실수로 걸었다고 말할 수는 없지 않은가!

다행히 상대는 내가 궁금해하는 사안에 대해서 잘 알고 있었고, 알고 있는 정보를 성의 있게 전달해주었다. 그는 생각보다 친절했고, 겸손했으며, 내가 '전화 걸어준' 데 대한 감사의 마음을 두 번이나 표했다.

다음 날, 그 선배 작가는 내가 물었던 사안과 관련된 기획안과 자신이 쓴 원고를 이메일로 보내주었다. 썼던 원고를 통째로 보내주는 건 흔치 않은 일이었기에 나는 확신할 수 있었다. 그가 내 전화를 귀찮게 여기지 않았을 뿐만 아니라 진심으로 나를 도와주고 싶어한다는 것을.

그 후로 그와 나는 친해졌다. 말을 놓거나 스스럼없이 대하며 '절친'으로 지내지는 않았지만, 가끔 안부를 물으며 도움을 주고받는 사이가 되었다. 내가 '친구'라 여기는 리스트에 그가 포함되고, 아마도 그의 리스트의 한 귀퉁이에도 내가 있을 것임을 아는 사이, '다소 멀지만 친한' 사이가 된 것이다.

어느 날, 술자리에서 그가 나에 대해 했다는 말을 전해 들었다. 정아은, 찔러도 피 한 방울 안 나올 것 같았는데 의외로 인간적인 데가 있는 것 같아. 그렇게 말하면서 그는 내가 먼저 연락을 해주어서 너무 '영광'스러웠다고 덧붙였다 했다.

발표한 작품 수로 보나 실력으로 보나, 그는 나보다 한참 위였다. 그러니 그가 사용한 '영광'이란 말은 그저 덕담이었을 것이다. 그러나 이 일화를 통해 내가 알게 된 것은 그 전화가 누구에게 영광인가 아닌가 하는 차원이 아니었다.

그가 기뻐했다는 것.

그것이 남았다. 아주 크게. 아주 선명하게.

그 선배 작가에게 전화를 걸기 전까지, 타인을 대할 때의 내 기조는 한결같았다.

① 사람들은 나를 좋아하지 않을 것이다. 어느 모로 보나 지질한 나를 왜 좋아하겠는가?

② 그러나 사람들 중 극히 일부, 나와 성격이나 가치관이 비슷한 매우 '아싸'인 사람들은 드물게 나를 좋아할 것이다.

③ 그러니 나를 좋아할 사람이라는 확신이 들기
　　　전에는 누구에게도 먼저 다가가 말을 걸거나 친한
　　　척하지 말기로 하자, 절대로!

그 작가와의 통화 이후에도 이 기조에는 변함이
없다. 나는 여전히 나를 둘러싼 세상이 나를 업신여기리라
여기며 딱딱한 껍데기에 들어가서 몸을 웅크리고 산다.
그러다 너무 외로워지면 가끔 고개를 내밀고 둘러본다.
그래도 어딘가엔…… 나를 좋아해줄 누군가가 있지
않을까?

그러나 분명한 것은, 그와의 통화 이후 내 기조에
약간의 빈틈이 생겼다는 것이다. 내가 먼저 건넨 손길에
나를 전혀 좋아하지 않을 것 같았던 '타인'이 기뻐하고
손을 잡아주었던 기억, 감히 올려다보기도 힘든 곳에
앉아 나를 내려다볼 거라 생각했던 타인이 내 연락을
'영광'스러운 일이라 말해주었다는 사실이 세상을 보는 내
시선에 약하지만 분명한 변화를 가져다주었다.

세상에 나를 좋아하지 않게 '되어' 있는 사람은
없구나!

그런 생각을 하게 되었던 것이다.

프롤로그

그러니까 세상에는 나를 좋아하도록 내정된 사람 vs. 나를 좋아하지 않도록 내정된 사람이 있는 게 아니라, 상황에 따라 나를 좋아할 수도, 좋아하지 않을 수도 있을 사람들이 있었다. 또한 사람들은 겉으로는 멋있고 자신감 넘쳐 보여도 그 내부에서는 외로워하고, 자신을 못났다 여기고, 괴로워하고 있었다. 내 내부에서 나는 '글솜씨가 그저 그렇고, 그런데도 엄청 잘 쓰고 싶어하고, 다음 책을 낼 수 있을 만큼 인지도를 쌓고 싶어서 발을 동동 구르지만 번번이 실패하고 마는, 그럼에도 포기 못 하고 미련하게 쓰고 또 쓰는, 천하의 대왕 듣보잡 작가'이지만, 바깥에서 보기에는 '냉철하고 눈 높은 인싸 작가'로 보일 수 있었다. 내가 실수로 전화를 걸었던 그 선배 작가 또한 내면에서는 자신을 (내가 나를 보는 방식으로) 보잘것없게 보고 있을 수 있다는 사실이 갑자기 역지사지의 시선을 주었고, 이는 내게 불쑥불쑥 용기를 주는 사건으로 남았다

그러나 이야기는 매끈한 해피엔딩으로 끝나지 않는다. 현실에서 나는 여전히 소심하고, 자신감 없고, 먼저 손 내밀지 못한다. 언제나 바깥쪽에 선 채 안쪽에

선 사람들을 선망하는 눈으로 보며 손가락을 빤다. 나도 저 안에 들어가고 싶다! 왜 다른 사람들은 저렇게 친구가 많은데 나는 친구가 없을까! 그렇지만 그런 와중에도 희미하게 마음 어느 구석에선가 울려 퍼지는 소리를 듣는다. 네가 먼저 손 내밀어봐! 안 될 거 뭐 있어? 환대받을 확률이 더 높다는 거 너도 알잖아! 겪어봤잖아!

희미하지만 없어지지 않는 이 내면의 소리는 예기치 않은 순간에 내가 벌떡 일어서 누군가에게 다가가게 하기도 하고, 누군가 내게 차갑게 구는 것처럼 느껴질 때 상대가 그렇게 하는 원인을 '저 인간이 나를 싫어함'에서 찾는 게 아니라 '저 인간이 자신을 너무 낮게 보고 차마 타인에게 다가가지 못하고 있음'으로 (멋대로) 파악하고 적대감 대신 연민을 품도록 만든다.

자, 이쯤이면 눈치채셨으리라. 이 일화를 통해 내가 무엇을 말하려는지.

그렇다. 사랑이다.

사랑은 사건이다. 한 번 일어나면 종류를 불문하고 기념비가 되어버리는 사건. 남녀노소 누구나 살아가는 내내 열망하고, 인류가 이룬 모든 유무형의 자산이 이것을 쟁취하기 위해 만들어졌다 해도 과언이 아닐 그런 사건. 인생에 가장 강력한 발자국을 남기는 이 사건은 그러나, 내 의지로 오지 않는다. 왔던 사랑이 떠나갈 때도 마찬가지다. 내 의지로 붙잡거나 보낼 수 없다. 의식하지 못하는 새에 왔다가 거짓말처럼 소멸해버리는 사랑은 그래서 우리 인생을 떠올리게 한다. 인간이 받는 생 또한, 의지와 상관없이 받았다가 의지와 상관없이 내놓아야 하지 않는가.

그렇다면 우리는 불가항력이며 우연적인 사랑, 우리의 생과 놀랍도록 닮아 있는 이 사건을 어떻게 소화해야 할까. 어차피 내 마음대로 할 수 없으니 그저 되는대로 내버려둬야 할까. 그렇게 하기에 사랑이란 사건은 너무 치명적이다. 스쳐가는 걸 보고만 있기엔 미치는 파급효과가 너무 크다.

결국 우리는 사랑 앞에서 버둥거리게 된다. 이 마법 같은 감정을, 새롭게 발을 들인 황홀한 세상을 지속시키기 위해 무엇이든 하려 하게 된다. 그러나 대부분 이런 노력은 사랑의 근본적인 성격 혹은 입·퇴장 시기 같은 굵직한 행보에 영향을 미치지 못한다. 그저 무언가를 해보았다는 자기 위안만 안겨줄 뿐.

　그러니 사랑이라는 일생일대의 사건에 인간이 대처할 수 있는 최대치는 사랑이 머물러 있던 시간을 복기하고 의미를 곱씹어 정리하는 정도일 것이다. 신의 얼굴을 들여다본 것 같았던 그 영험한 순간들에 내게 일어난 일이 무엇인지, 어떤 변화가 일어났는지, 그리고 상대에게는 어떤 파장을 미쳤는지. 그 과정을 통해, 우리는 강렬하게 약동했던 우리 인생의 한 찰나에 의미를 부여할 수 있다. 그 사건에 내 전체 인생의 한 부분을 할애해줌으로써 남은 인생의 스토리가 매끄럽게 이어지도록 할 수 있다. 이렇게 절차를 밟아놓은 사람은 다음에 또 불한당처럼 사랑이 왔을 때 미리 닦아놓은 이야기의 기반 위에서 다시 한번 용감하게 그 불길에 뛰어들 수 있다. 사랑이 거침없이 뿌려대는 각종 감정의 파장에 좀 더 단단하게 대응할 수 있다. 흔들리지만, 그 흔들림 가운데 몸의 중심을 잡고 서서 감정의 불길이 날름거라는 광경을 응시할 수 있다. 현장에 있되 희열을 느끼고, 고통받되 정신의 일부가 유체이탈해서 즐기게 되는 것이다.

프롤로그

불가항력적인 생애사적 사건에서 우리가 할 수 있는 일은 아무것도 없어 보이지만, 그 덩치 큰 사건의 구석구석을 살펴보면 미처 보지 못했던 내 모습의 일부를 볼 수 있다. 진행 중이던 당시에는 무슨 맛인지도 모르고 허겁지겁 먹었던 감정의 성찬을 다시 되새김질해보며 맛을 분류하고 곱씹어 음미할 수 있다. 무엇이 내 힘으로 할 수 있었던 일이고 무엇이 내 힘으로는 어떻게 해볼 수 없었던 일인지를 분류해 현명하게 뉘우칠 수 있다. 엄격한 분류와 그에 따른 감정 정리를 통해, 필요 이상으로 죄책감을 갖거나 열등감에 빠져드는 질곡에서 벗어날 수 있다.

이 책은 인간의 마음이라는 신기루에 형체를 부여하고, 의미를 덧붙이고, 무게를 실어보려는 노력의 결과물이다. 이러한 노력을 사랑의 특정 유형에 귀속시킨다면 아마도 짝사랑에 속할 것이다. 불가능한 것을 가능하게 만들어보겠다고 끙끙대지만 결국 가닿지 못하고 어느 한 지점에서 빙글빙글 돈다는 점에서 영락없는 짝사랑이다. 하지만 그런 결과로 귀결된다 하더라도 미련은 없다. 서글픔이 서려 있긴 하지만 짝사랑 또한 가슴을 뛰게 하고 살아 있다는 느낌을 주는 '사랑'일 테니.

1. 짝사랑

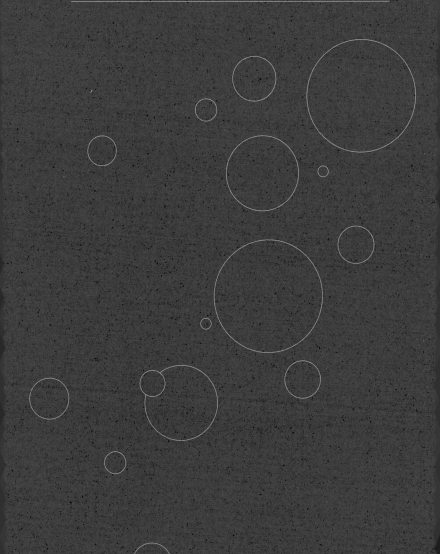

스칼렛의 경우

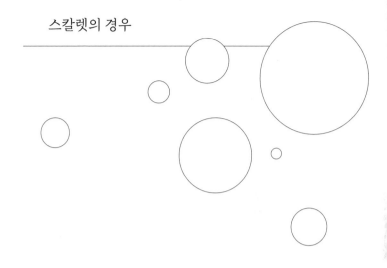

《바람과 함께 사라지다》의 주인공 스칼렛은 애슐리를
짝사랑한다. 애슐리가 사촌인 멜라니와 결혼한 뒤에도
그 마음은 변하지 않는다. 세 번의 결혼을 거쳐 두 아이의
엄마가 된 이후까지도 스칼렛의 마음은 그대로이다.
스칼렛의 오랜 친구이면서 세 번째 남편인 레트가
그 마음을 돌리려 갖은 애를 써보지만, 스칼렛은
꿈쩍도 하지 않는다.

스칼렛에게 애슐리는 어떻게든 손에 넣고 싶은 목표물이자, 인생의 구간구간을 구획해준 이정표이며, 스칼렛이 구닥다리라고 질색했던 주위 사람들과 강제로 잘 지내게 해주는 매개자이다. 스칼렛은 자신을 거절하고 멜라니와 결혼해버린 애슐리에게 보여주기 위해 첫 결혼을 단행하고, 남편인 애슐리를 전쟁터에 보낸 뒤 혼자 남겨진 임산부 멜라니를 돌보기 위해 손이 부르트도록 일하며, 애슐리에게 일자리를 보장해주기 위해 사업상 손해를 무릅쓴다.

한평생 애슐리를 손에 넣겠다는 일념으로 살아왔다고 해도 과언이 아닐 스칼렛의 마음에 변화가 일어나는 것은 멜라니의 죽음을 지켜본 다음이다. 연적이며, 착한 척하는 가증스러운 이웃이자, 답답하고 어리석은 여자라고 생각했던 멜라니가 지상에서 마지막 숨을 내쉬려는 찰나, 스칼렛은 알게 된다. 자신에게 멜라니가 얼마나 소중한 사람이었는지를.

멜라니는 조그맣고 바보 같은 여자가 아니라 스칼렛을, 애슐리와 그를 둘러싼 가족과 친척들을, 마을 사람 모두를 지탱하던 정신적 지주였다. 멜라니가

1. 짝사랑

세상에서 더는 숨을 쉬지 않게 된 다음, 스칼렛은 애슐리가
이전과 너무 다르게 보인다는 사실에 깜짝 놀란다.
고귀하고, 박학다식하고, 정의로웠던 애슐리는 사라지고,
무기력하고, 우유부단하고, 달라진 시대 상황을 못 본
척하며 과거의 허상에만 매달리는 비겁한 남자의 모습이
눈앞을 차지하고 있었다. 자신이 진정으로 사랑하는
사람은 애슐리가 아니라 레트임을, 세상에서 가장
정확하게 자신을 이해해주고 지지해주었던 제 남편임을
알고 그제야 레트에게 다가가지만, 아내의 마음을 얻기
위해 오랜 세월 인내하고 버텨왔던 레트의 마음은 이미
싸늘하게 식어 있다. 스칼렛은 차가운 레트의 반응에
실망하지만, 이내 마음을 다잡는다. 그리고 이렇게 외친다.
내일은 내일의 태양이 뜰 것이다!

인류 역사상 최고의 베스트셀러 중 하나로 꼽히는
장편소설 《바람과 함께 사라지다》는 전쟁을 배경으로
한 역사극이지만, 남녀 간의 사랑, 그중에서도 짝사랑을
그린 흥미로운 멜로 드라마이기도 하다. 소설에서 중요한
사랑은 두 가지이다. 애슐리를 향한 스칼렛의 짝사랑,

그리고 스칼렛을 향한 레트의 짝사랑. 소설 속에는 같은 시기에 서로를 향하는 양방향 사랑이 나오지 않는다. 신사의 전형으로 보이는 애슐리조차 아내인 멜라니를 진심으로 사랑하지 않는다. 애슐리는 정신적으로는 멜라니에게 의존하면서 육체적으로는 스칼렛에게 끌리는, '내 마음 나도 몰라' 스타일의 우유부단남으로 그려진다.

거대한 벽화처럼 그려낸 시대상과 지금 어딘가 살아 있을 것처럼 느껴지는 생생한 인물들로 가득 찬 이 매력적인 소설에는 여러 가지 생각해볼 지점이 많지만, 그중 가장 관심을 끈 것은 스칼렛이라는 여성의 마음이었다. 이 강인하고 똑똑한 여성이, 세상이 세워놓은 고리타분한 관습과 고정관념에 아랑곳하지 않고 제 의지를 펼칠 줄 알았던 천하무적 주인공이, 왜 제 마음에 대해서는 그토록 무지했을까? 조금만 주의를 기울이면 애슐리가 얼마나 무책임하고 무기력한 인물인지 알았을 텐데. 아내인 멜라니의 곁을 떠나지도 못하고 그렇다고 스칼렛에게 같이 어딘가로 도망치자고 호기롭게 외치지도 못하는 남자의 비겁함과 나약함을 눈치챘을 텐데.

1. 짝사랑

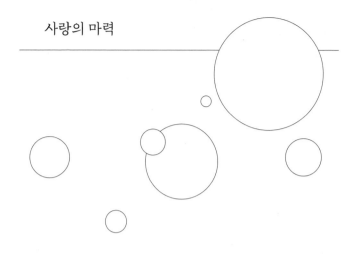

사랑의 마력

멜라니 사후, 스칼렛과 애슐리는 예전과 다름없이 가까운 이웃으로 지낸다. 그렇지만 스칼렛에게 애슐리는 더 이상 특별한 사람이 아니다. 예전에는 그토록 애달파하면서 보았던 애슐리의 얼굴이, 이제는 어떤 감흥도 일으키지 않는다. 존재만으로 정신을 얼얼하게 만들었던 그 사람은 이제 온데간데없다.

단숨에 스칼렛을 사로잡던 힘, 그 사람을 위해서는

사랑은 무지에서 온다는 것을,
알 수 없는 상대가 뿜어내는 신비함에서 온다는 것을,
그제야 알 수 있었다.

싫은 사람도 인내하고 심지어는 그 사람의 아이를 가진 여자를 도와 제 손으로 그 남자의 아이를 받도록 만든 힘, 스칼렛의 전 인생을 조종하고 이정표가 되어주었던 그 신비한 힘은 어디로 갔는가. 그 힘의 정체는 무엇인가. 어디서 와서, 어떻게 그녀의 안에 머물렀으며, 이제는 어디로 가버렸단 말인가.

스칼렛의 모습을 반추하며 내 지난날을 되짚어본다. 나를 휘감았던 사랑의 감정들. 한 사람의 존재에 눈을 반짝이며 신경을 곤두세웠던 순간들. 그리고 일정 시간이 흐른 뒤 그 감정의 소멸을 느끼고 쓸쓸해하던 순간들. 마법처럼 강력하게 나를 사로잡았던 사랑의 대상들을 차례차례 떠올려보다가, 나는 그들을 관통하는 한 가지 공통점을 발견하게 되었다.

낯섦.

그것이었다. 단번에 내 육신과 영혼을 포박하여 다른 세상으로 데려갔던 그 존재들에게 서려 있던 일관된 기운은 생소함이었다. 모르는 사람. 생전 알았던 누구와도 같지 않은 완전히 새로운 존재에게서 나오는 신비함이었다. 그 이국적인 기운이, 그 알 수 없음이, 알 수 없기에 도무지 예측되지 않는 존재의 현현이, 벼락같은 설렘을 선사했다. 사랑은 무지에서 온다는 것을, 알 수 없는 상대가 뿜어내는 신비함에서 온다는 것을, 그제야 알 수 있었다.

우리는 이미 알고, 자세히 알고, 그렇기에 예측할 수 있는 대상에게 매혹되지 않는다. 안다는 것은 그 대상의 한계와 습성을 꿰고 있다는 의미이기에, 불확실성에서 비롯되는 '폭에 대한 착각'에 빠져들지 않는다. 아는 게 1도 없는 대상일 경우엔 상반되는 결과가 빚어진다. 대체 어떻게 반응할지 알 수 없기에 상대의 능력을 과대평가하고, 상대가 내보일 수 있는 모든 경우의 수를 상상하며 촉각을 기울이게 된다.

스칼렛이 그토록 연모했던 애슐리에게 더는 끌리지 않게 된 것은 애슐리에 대한 '앎'이 생겨났기 때문이다. 실상을 알지 못하기에 근사하게 보였던 애슐리에게 압도당했으나, 그런 상태로 평생을 살았으나, 자신에게 너무나 중요했던 친구를 영원히 잃게 된 순간, 갑자기 모든 것을 볼 수 있게 되었다. 그 남자의 내면의 핵심, 인간적인 됨됨이에 대해 비로소 알게 된 것이다. 그런

'앎'이 생겨난 순간, 스칼렛은 더 이상 그가 뿜어내는 마력에 휘둘리지 않게 되었다.

스칼렛이 애슐리를 얼마나 오랫동안 알고 지냈는지는 중요하지 않다. 한 사람을 제대로 파악하는 데 필요한 건 긴 시간이나 밀접한 거리가 아니다. 제 마음을 들여다볼 수 있는 능력이다. 제 안에서 요동치는 감정을 직시하고 그 감정을 만들어내는 다양한 환경적 요인을 한 발짝 떨어져서 관망할 수 있는 지성이다.

스칼렛은 같은 자리에 머물며 변함없이 자신을 보호해주고 사랑해주던 멜라니의 죽음을 통과한 후에야 그러한 능력과 지성을 얻을 수 있었다. 죽음이라는 절대적인 폭력에 타격을 입은 후에야 자신과 타인을, 그 모두를 둘러싼 배경을 직시할 수 있게 되었다.

무엇이 마력을 벗겨내는가

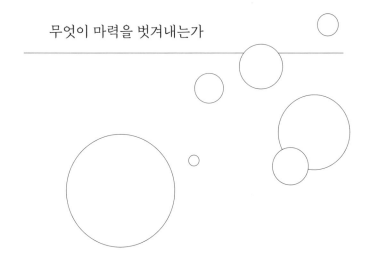

뭔가에 대해 미리 알고 있는 것은 우리에게 어떤 영향을

미치는가. 미국 사회심리학자인 스탠리 샥터와 제롬

싱어가 했던 유명한 실험을 살펴보자.

    샥터와 싱어는 실험에 지원한 사람들을

A팀과 B팀으로 나눈 뒤, 에피네프린을 복용하게 했다.

에피네프린은 혈압, 심장박동, 호흡을 증가시켜 사람을

흥분하게 만드는 약품이다. A팀에게는 복용한 약 성분

때문에 혈압이나 심장박동, 호흡 등 신체 반응이 강하게 일어날 거라고 알려주고, B팀에게는 아무런 정보도 주지 않았다. 원래의 실험 목표는 에피네프린에 의한 정서적 경험 차이를 측정하는 것이었지만 공식적으로는 다른 목적이 있는 것처럼 위장했고, 실험실 밖 복도에서 (위장)실험이 시작되길 기다리는 동안 참가자들은 즐겁게 농담을 하거나, 반대로 시비를 걸며 화를 돋우는 동료들의 반응을 맞닥뜨렸다(이 '동료들'은 모두 참가자인 척했지만 실은 연구진이 미리 심어놓은 실험 협력자들이었다).

실험이 끝난 뒤 샥터와 싱어는 그날의 진짜 실험이, 기다리는 동안 있었던 긍정·부정 반응이었음을 밝힌다. 실험 결과 에피네프린의 영향력을 미리 알고 있었던 A팀은 농담을 하며 즐거워하는 이와 함께 있을 때 감정적으로 크게 동요하지 않았고 시비를 거는 이와 있을 때도 화를 내거나 불쾌해하지 않았다. 반면 B팀 사람들은 실험을 즐기는 이들과 있을 때는 매우 즐거워했다가, 실험에 부정적인 이들과 있을 때는 휩쓸려서 같이 분통을 터뜨렸다.

A팀은 정반대로 반응하는 두 부류의 사람에 대한

자신의 신체 반응(혈압이 오르거나 심장박동이 올라가는 등)이 약물에 의한 것임을 알고 있었기에 감정에 휘말리지 않을 수 있었고, B팀은 자신에게 일어나는 신체적인 변화가 순전히 자신에게서 비롯된 것이라 생각하고 흥분했던 것이다. 이는 생리적 각성에 대해 어떻게 인지하느냐에 따라 경험하는 감정이 달라진다는 사실을 명확하게 보여주는 실험이었다.

우리가 겪는 감정은 우리가 무엇을 알고 있느냐에 따라 달라진다. 우리는 잘 모르는 것, 예측 불가능한 것에 압도되고 휘둘린다. 반대로, 어떤 일에 대해 많이 알면 알수록 그 일의 근원을 파악하고, 그 일이 보이는 것만큼 대단하지 않다는 것을 통찰하기에, 격한 감정에 휩싸이지 않을 수 있다. 더 이상 그 '일'이 낯설지 않기에 그 '일'이 마력을 발휘하지 못하는 것이다.

그러나 사람에게 감정은 바람처럼 온다. 오기 전에 예고를 하거나, 제가 왜 왔는지 말해주거나, 언제쯤 마음에서 빠져나갈 예정인지 말해주는 일은 일어나지 않는다. 그렇기에 우리는 어느 지점에서 반드시 낯설고 두려운 무언가와 마주치게 된다.

1. 짝사랑

살면서 접하는 모든 대상, 모든 현상에 대해 다 아는 것은 불가능하다. 두렵고 매혹적인 타자를 마주쳐 사랑하게 되는 순간, 우리는 어찌해볼 겨를도 없이 낯선 세상으로 빨려 들어간다. 그때 우리가 할 수 있는 것은 한 가지다. 그 감정을 소멸시키겠다거나 무시하겠다는 불가능한 목표를 세우지 않고, 점령군처럼 들이닥친 감정을 인정하고 받아들이는 것.

근본적으로 혼자서만 걸어야 하는 길이라는 점에서, 짝사랑은 슬픔의 영토에서 완전히 벗어날 수 없다. 그러나 '사랑'이라는 사건에서 중요한 것은 상대와 나의 마음이 맞닿는 기간이나 각각 품은 감정의 농도 같은 조건이 아니라, 사랑이라는 사건을 겪어내는 동안 양 당사자들의 삶이 어떻게 흘러갔느냐일 것이다.

스칼렛의 경우도 마찬가지다. 레트에 대한 사랑을 깨닫지만 이미 레트의 마음이 떠나버린다는 결말에 이른 독자는 스칼렛이 좀 더 빨리 제 감정을 자각했다면 좋았겠다는 아쉬움을 품게 된다. 하지만 스칼렛에게, 애슐리는 제 생을 열정적으로 살아가게 하는 원동력의 근원이었다. 스칼렛이 동네 사람들에게 손가락질을

받으며 동생의 배우자를 가로채고, 돈을 벌기 위해
공동체의 윤리를 깡그리 무시했던 것은 나고 자란
고향 집과 가족을 지키겠다는 마음 때문이기도 했지만,
한편으로는 애슐리와 그가 이룬 가족들을 지켜주겠다는
마음 때문이기도 했다. 이는 누군가를 향한 일방적인
사랑이, 한 인간이 제 한계를 뛰어넘는 담대함과 인내심,
추진력을 발휘하는 원동력이 될 수 있음을 보여주는
대표적인 사례이다.

　　레트의 마음을 일찍 알아채지 못한 데 대한 아쉬움도
살짝 각도를 틀어보면 다른 감상으로 변한다. 레트가
사랑했던 스칼렛은 '애슐리에 대한 짝사랑으로 열정에
휩싸여 있는' 상태의 스칼렛이었다. 스칼렛이 레트와
만난 순간 애슐리에 대한 사랑을 멈추고 레트에게 마음을
주었다면 레트에게 스칼렛이 계속 매혹적인 대상으로
남았을까?

　　한 사람에 대한 열망으로 가득 차 있던 그 기간 나의
삶은 바뀐다. 그리고 그 사랑이 끝날 때는, 낯설었던
대상에 대한 '커다란 앎'이 내 안에 들어차 있음을
발견하게 된다. 사랑이라는 강렬한 감정을 잃은 대신

1. 짝사랑

구체적이고 치명적인 앎을 얻는다. 그렇기에 사랑은 사건이다. 다른 생명체가 내게 주는, 동시에 내가 내게 부여하는, 가장 커다란 사건이다.

미처 인식하지 못한 사랑

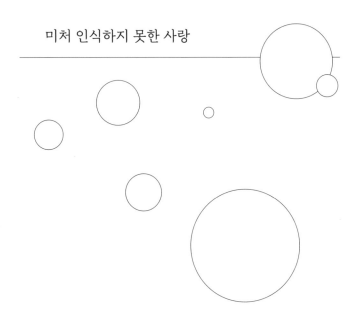

소녀가 남자를 만난 것은 강을 건너는 배 위에서였다.
열다섯 살의 절반을 지나고 있던 소녀는 어머니와 오빠
둘과 식민지인 베트남에서 살고 있다. 갑작스럽게 남편과
사별했던 어머니는 장남에게 집착했고, 어머니의 사랑을
등에 업은 큰오빠는 도박과 마약을 일삼으며 작은오빠와
소녀에게 폭력을 휘둘렀다. 폭력과 불안으로 뒤덮인
가족사를 내장한 채, 소녀는 갑판 난간에 기대서 점점

크게 다가오는 선착장을 무감하게 바라본다. 이런 소녀의
모습을 먼 곳에서 보며 눈에 담은 이가 있다. 선착장
부근에 세워진 고급 세단 안에 있던 중국인 남자. 그는
독특한 소녀의 오라에 빠져든다.

남자와 소녀는 만나기 시작한다. 온몸으로, 감각과
숨결로 마주치는 격한 만남이 두 사람을 휩싸고 돈다.
소녀는 남자를 통해 자신을 새롭게 발견하고, 마르고
볼품없다고 여겼던 제 몸을 다시 평가하게 된다. 열다섯
살의 소녀. 몸과 마음의 드라마틱한 변화를 이국땅에서
외롭게 겪던 소녀는 자신보다 열두 살 위인 중국인 남자의
손길을 통해 세상과 뜨겁게 만난다.

남자는 소녀를 떨어뜨리면 깨질 도자기처럼 귀하게
여긴다. 씻겨주고, 어루만지고, 바라보며 눈물을 흘린다.
소녀가 본국인 프랑스로 돌아가게 되었을 때 안타까움
때문에 차마 소녀의 몸에 손을 대지 못할 정도로 지독한
사랑이다. 소녀는 자신이 남자를 이용하고 있다고
생각한다. 육체적인 쾌감 때문에, 혹은 남자의 재력 때문에
만난다고 생각한다. 소녀의 가족들에게서 소녀에게
전해진 이 생각은 10대의 백인 여성이 나이 든 중국인

남성에게 품어 마땅한 감정이라고 사회적으로 은근히
심어진 것이기도 하다. 그러나 남자 쪽의 사랑은 다르다.
남자가 소녀를 사랑한다는 사실은, 육체적 쾌락만을
위해 만난다고 보기엔 너무나 깊은 그의 사랑은, 그의 전
존재를 통해 뿜어나온다.

소녀가 폭풍 같았던 남자와의 순간들을 처음으로
되돌아보는 것은 본국으로 돌아가는 선박 위, 한밤중에
울려 퍼지는 쇼팽의 왈츠를 들었을 때다. 그녀는 놀란
것처럼 울기 시작하고, 자신이 남자를 떠나왔음을,
한 시절 동안 자신을 완전히 바꾸어놓았던 상대와 더는
만날 수 없게 되었음을 인식한다.

수십 년이 흐른 뒤, 여러 권의 책을 낸 작가가 된
중년의 소녀에게 남자의 전화가 걸려온다. 수십 년 세월도
바꿔놓지 못한 친근한 음성. 수화기를 통해 날아오는
떨리는 음성으로 남자가 그녀에게 말한다.
아직도 사랑하고 있다고. 그때와 조금도 변함없이
사랑하고 있다고.

1. 짝사랑

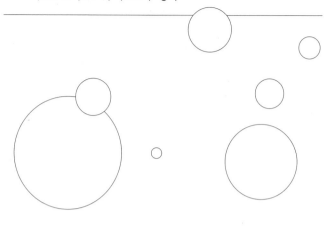

이 극적인 사랑 이야기는 마르그리트 뒤라스의

장편소설 《연인》이다. 동명의 영화로도 제작되었던 이

유명한 러브 스토리는 작가 자신의 지난날을 회상하며

쓴 자전소설이다. 뒤라스의 분신일 소녀는 이별을

맞닥뜨리기 전까지 제 감정을 제대로 인식하지 못한다.

미처 인식하기도 전에 끝나버린 사랑. 남자 혼자만 했던

일방적인 사랑이 아니었다. 소녀 또한 남자를 사랑했다.

성적 쾌락을 느끼기 위해, 남자가 가진 부를 이용하기 위해서가 아니라, 소녀 또한 존재를 다해 그와 마주 섰던 것이다.

소녀는 그 사실을 언제 알았을까. 베트남을 떠나는 배의 갑판 위에서 어렴풋이 한 번, 본국으로 돌아가서 또 한 번, 그리고 살아가면서 몇 번씩, 깨달았을 것이다. 그 만남의 의미가 무엇인지. 후덥지근한 이국땅에서 보낸 낯선 시간 동안 제게 어떤 일이 일어났던 것인지.

소녀가 그 사실을 인식한 것이 언제였는지 따지는 것은 사실 큰 의미가 없으리라. 중요한 것은 그 시절, 그 남자에게서 건네받았던 사랑이 그녀의 몸과 마음에 단단히 뿌리내렸다는 사실이다. 저보다 더 자신을 경외해주는 타인의 손길을 받은 이후로, 그녀는 자신을 아끼게 된다. 제 육신을, 그리고 그 육신 안에 기거하는 제 영혼을 사랑하게 된다.

사람의 자기 인식은 자기 의지에 의해서만 형성되지 않는다. 타인이 나를 어떻게 평가하고, 어떤 언어로 표현하는가가 내가 나를 보는 시선에 영향을 미친다.

누군가에게 일방향으로 사랑을 주는 사람은 자신이
사랑하는 대상에게 내재된 가능성과 능력을 기민하게
알아차린다. 자신이 발견한 상대의 강점에 시선을 주고,
가치를 부여하고, 그 강점이 튀어나와 돋보이게 만든다.

한 타인이 누군가에게 그 자신도 몰랐던 매력과
자질을 알아보고 부각시켜주는 것. 그리하여 그 사람이
자신에 대해 새로운 상을 가지고 삶을 지속해나가게
해주는 것. 이것이 짝사랑의 효용이다. 이때 그 능력과
자질이 꼭 그 사람 안에 실제로 있는 특성일 필요는
없으리라. 세상에 누군가를 '아름답다'거나 '아름답지
않다'고 딱 잘라 분류할 수 있는 기준이 어디에 있겠는가?
누군가 나를 '아름답다'고 말해주면 그 순간 나는 아름다운
사람이 되고, '추하다'고 말하면 추한 사람이 되는 것이다.
그대가 나를 똑똑하다 말해주면 나는 똑똑이로 피어나고,
그대가 나를 말미잘이라 하면 나는 말미잘로 화해
흐느적거리는 것이다.

상대가 갖고 있던 특성만이 아니라 갖고 있지 않았던
특성까지 만들어내어 상대에게 부여하는 힘의 발현.
그리하여 상대가 자신 안에 그런 특성이 있다고 믿고

종내는 그런 특성을 실제로 장착하게 만들어주는 것. 내게 일방적으로 사랑을 주는 이는 이와 같은 경로로 내게 창조자이자 예언자로 기능할 수 있다.

　　작가 뒤라스의 유년 시절은 암울했다. 경제적으로 불안정했고, 남편을 잃고 갑자기 세 아이를 책임지게 된 어머니의 내면이 나날이 피폐해져가는 걸 곁에서 지켜보아야 했다. 뒤라스가 유일하게 마음을 주었던 작은오빠마저 이른 나이에 죽음을 맞았고, 뒤라스는 결국 남은 가족들과 인연을 끊기에 이른다.

　　뒤라스가 중국인 남자와 만난 건 그런 절망이 무르익어 절정을 향해 달려가고 있던 때였다. 시도 때도 없이 큰오빠의 폭력에 시달리며 2차성징을 겪어내야 했던 열다섯 살의 소녀에게 폭우처럼 쏟아졌던 타인의 사랑. 뒤라스가 암울한 시절을 지나가면서도 자신을 사랑하며, 그 시절 막연히 품었던 작가의 꿈을 이루게 된 것은, 그 시절 소나기처럼 맞았던 이국땅에서의 사랑 덕분이 아니었을까.

스완의 경우

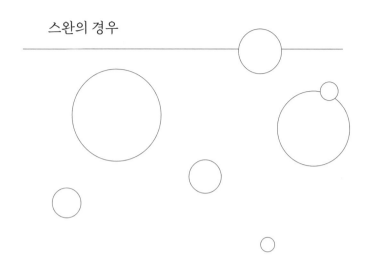

프루스트의 소설 《잃어버린 시간을 찾아서》의 등장인물인
스완은 오데트라는 여성을 사랑하게 된다. 오데트는 여러
남자를 만나며 경제적 원조를 받는 인물로, 스완이 속한
부르주아 계급 사람들이 결혼 상대자로 여길 만한 인물이
아니다. 그러나 스완은 오데트에게 무섭게 빠져들고,
오데트가 다른 남자를 만날지도 모른다는 생각에
밤낮으로 시달리다가 불쑥 오데트를 찾아가거나 미행하는

지경에 이른다.

만나던 첫 순간부터 스완이 오데트에게 반했던 것은 아니다. 오히려 처음엔 자신의 "관능이 요구하는 바와는 서로 어긋나는 유형의 여인"이라고 생각했다. 그보다는 오데트가 먼저 스완에게 다가갔고, 오데트의 은근한 호의가 건너올 때마다 스완의 마음이 조금씩 오데트를 향해 기울어진다.

스완의 마음은 다섯 단계를 거친다.

① 무심하게 상대를 보는 단계.

② 상대에게 조금씩 관심을 갖는 단계.

③ 상대도 나와 같은 마음일 수 있다는 가능성을 발견하면서 고조되던 관심이 급격한 감정으로 변하는 단계.

④ 자신처럼 확실하게 마음을 보여주지 않는 상대를 향한 미칠듯한 사랑으로 마음을 끓이는 단계.

⑤ 상대와 결혼해 상대를 '내 사람'으로 만듦과 동시에 들끓어오르던 감정이 소강상태에 접어드는 것을 인식하는 단계.

오데트에 대한 감정이 깊어지면서 스완은 실제의

오데트가 아닌 명화 속 여인들의 모습에 오데트를 이입해 넣는다. 그러자 그동안 자신의 연정을 약화시키고, 아름답다고 보기엔 미심쩍었던 오데트의 외모가 환상적인 것으로 탈바꿈한다. 이렇게 스완이 제 감정에 권위와 후광을 불어넣는 과정에서 오데트는 신성한 존재로 화한다.

이는 짝사랑의 과정에서 전형적으로 일어나는 현상이다. 누군가를 일방적으로 좋아하다보면, 대상의 실체를 제대로 파악할 수가 없기에 그 사람의 일거수일투족에 제 환상을 덧입히게 된다. 상대방은 화장실도 가지 않고, 트림도 하지 않으며, 비열한 언행은 절대 하지 않으리라 확신하고, 이러한 확신이 감정을 강화시킨다. 강화된 감정은 다시 다른 확신을 낳고, 이런 순환은 끝없이 되풀이된다.

이런 마음의 움직임에는 제한이 없다. 가질 수 없는 상대를 향한 갈망은 날이 갈수록 커지고, 형태나 테두리가 부여되지 않은 감정은 여기저기로 침투해 범위를 넓혀나간다. 사랑하는 감정을 느끼는 행위 자체가 살아 있다 실감하는 희열을 주기에, 짝사랑에 빠진 사람은 더더욱 그 느낌에 빠져들며 제 감정을 강화해나간다.

세 번째와 네 번째 단계에 이른 스완의 사랑은 짝사랑과 양방향 사랑의 중간에 위치한다. 스완은 자신을 향하는 것도, 아닌 것도 같은 오데트의 모호한 태도 앞에서 일상을 유지하지 못할 만큼 이성을 잃는다. 마지막으로 만난 오데트의 모습을 세세한 부분까지 떠올리려 노력하고, 오데트의 소재를 파악하려 하며, 파악되지 않는 경우 오데트가 자신이 아닌 남자들과 만나 다정하게 있으리라 넘겨짚으며 괴로워한다. 어제까지는 나를 사랑했지만 오늘은 나를 사랑하지 않을지도 모른다고 의심하며 불안해한다.

이런 단계의 사랑에 안정은 없다. 불안과 질투가 들끓어오르는 만큼, 독점과 영속의 보증을 요구하는 마음이 커진다. 스완의 오데트에 대한 갈망은 터질 것처럼 부풀어오른다.

남자 그리고 여자의 짝사랑

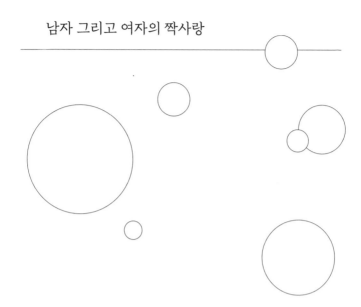

프루스트의 《잃어버린 시간을 찾아서》 속 커플 스완과
오데트처럼, 고전 작품에서 종종 짝사랑을 앓는 사람이
남자로, 그중에서도 귀족 가문의 자제 혹은 사회에서
일정한 위치를 차지하고 능력을 발휘하며 사는 남자로
그려지는 경우가 있다. 짝사랑의 대상이 되는 여성은
대개 남성의 감정에 호응하다가 갑자기 냉랭해지거나,
여러 남자와 동시에 교제하면서 남성에게 '기만당했다'는 느낌을 주는 사람으로 그려진다. 베르디의 오페라 〈라 트라비아타〉의 커플 알프레도와 비올레타, 오르한 파묵의 《순수 박물관》 속 커플 케말과 퓌순 등이 그런 예에 속한다.

사랑이 끝난 다음에도 마찬가지다. "남자는 첫사랑을 잊지 못하지만 여자는 매번 첫사랑을 한다"는 말이 있다. 남자는 사랑이 끝난 다음에도 상대를 잊지 못해 식음을 전폐하지만 여자는 사랑이 끝남과 동시에 비정할 만큼 빠르게 자신을 수습하고 다음 사랑을 향해 나아간다는 것이다. 고전 작품 속 사례를 보면 이 말이 크게 틀리지는 않은 것 같다. 사랑이 끝나면 울며불며 매달리는 쪽은 상당수가 남자이다. 사랑이 끝난 뒤 여자가 제 생활을 영위하지 못하고 앓아눕거나 전 애인을 찾아가 매달리는 광경은 남자의 경우만큼 흔하지 않다.

사랑이란 인간이 태어나 경험할 수 있는 가장 사치스러운 감정이다. 먹고사는 일과 가장 먼 거리에 있으며, 돈이나 이익을 가져다주기는커녕 그런 것들과 정반대 방향으로 달려가도록 추동한다. 빠져드는 순간 나를 잊고, 현실에서의 이해타산을 잊고, 지금까지의 나를

내 이익을 희생해도,
손에 쥐었던 것들 중 일부를 잃어버려도,
주위 사람들과의 관계에 생채기가 생겨도,
혹은 부도덕하다고 세상 사람들에게
손가락질받아도,

굳건하게 제 감정에 충실할 수 있는 근성.
그것이 있어야
사랑에 충실할 수 있다.

만든 수많은 요인을 잊고 마구 달려가게 만드는 감정.
내가 가진 것은 물론이고 내가 가지지 않은 것까지
훔쳐서라도 주고 싶어지게 만드는 감정. 사랑에 빠지는
일은 사람을 다시 태어나게 만드는 일이다.

그런 어마어마한 일에 뛰어드는 것은 아무나 할
수 있는 일이 아니다. 내 이익을 희생해도, 손에 쥐었던
것들 중 일부를 잃어버려도, 주위 사람들과의 관계에
생채기가 생겨도, 혹은 부도덕하다고 세상 사람들에게
손가락질받아도, 굳건하게 제 감정에 충실할 수 있는 근성.
그것이 있어야 사랑에 충실할 수 있다. 고전 작품에 나오는
사랑의 주인공들이 많은 경우 재력이나 능력을 갖춘
남자로 설정된 것은 이 때문일 것이다.

이들은 제게 찾아온 불같은 감정에 용감하게
뛰어들어 그런 감정을 품은 데 대한 대가를 비장하게 치른
뒤에도 예전과 같은 삶을 복원할 수 있다. 재력가인 부모는
사랑을 끝내고 돌아온 자식을 다시 품어 안아줄 부드러운
재력을 그대로 유지하고 있으며, 사랑에 뛰어들어
만신창이가 된 이가 원래 갖고 있던 능력은, 써먹지
않은 기간 동안 휴식을 취하고 있었을 뿐 다시금 활동을

시작할 수 있다. 사랑에 뛰어들었던 남자는 잠시 사회에서 내동댕이쳐졌을지 모르나, 노력하면 다시 예전의 지위로 혹은 예전만큼은 못하지만 그와 비슷한 위치로 올라설 수 있다. 그들은 자신의 모든 것을 내던지며 사랑한다고 생각했지만, 실상 그들이 가진 것은 사랑이 끝난 다음에도 대부분 그 뼈대와 근육을 그대로 유지하고 있었다.

그 사랑의 대상이 되었던 여성들의 상황은 다르다. 전통적으로 여성은 결정권을 갖는 일들에서 제외되어 있었기에 먹고살 자원을 제 손으로 획득할 길이 요원했다. 의식주를 해결하며 생존을 유지하기 위해서는 결정권을 쥔 성별, 즉 남성에게 기댈 수밖에 없었다. 여성이 자신을 보기 좋게 꾸미고, 남성의 비위를 맞추고, 힘 있는 남성에게 선택받기 위해 노력했던 것은 그러한 사회·경제적 여건 때문이었다.

대체로 고전 작품 속 여성이 단 한 남자에게 모든 것을 걸고 뛰어드는 모험을 할 수 없었던 것은 이 때문이 아닐까. 순수하게 제 사랑의 감정에만 충실하기에는 감당해야 할 대가가 너무 컸다. 모험이 끝난 남성에게 여전히 자신을 사람 취급해주고, 사회적·경제적 가능성을

제공해주는 공동체가 기다리고 있는 것과 달리, 모험이

끝난 여성에게는 (유자녀 여성인 경우) 아이 엄마가

어떻게 그럴 수 있느냐는 손가락질, '천박하다'는 비난,

남편이나 기존의 애인이 제공해주던 의식주 지원의 중단,

공동체로부터의 추방이 기다리고 있었다.

스완과 오데트의 경우를 다시 보자. 스완은 부르주아 집안의 아들로, 특별히 하는 일이 없지만 의식주를 영위하는 데 지장이 없다. 마음에 드는 여성에게 상당한 금액을 '용돈'으로 줄 만큼 경제적 여유가 있다. 음악과 미술에 조예가 깊고, 번쩍이는 의상을 갖춘 이들이 참가하는 파티에 말쑥하게 차려입고 가며, 언제든 원하는 곳으로 여행할 수 있다. 그에 반해 오데트의 경우는,

1. 짝사랑

뭔가를 계획할 때마다 스완에게 경제적인 지원을 받고, 그 과정에서 스완에게 뿌듯함과 분노의 양가감정을 안긴다.

그때그때 스완에게 경제적 원조를 받기는 하지만, 오데트는 온전히 스완에게 마음을 내주지 않는다. 주위를 맴도는 여러 남성과 친교를 유지하며 계속 저울질한다. 질투심과 안타까움 때문에 일상을 영위하지 못할 지경이 된 스완은 결국 오데트를 독점하기 위해 그녀와 결혼하기에 이른다.

스완의 주위 사람들은 이 결혼을 '매우 처지는' 결합이라 수군거린다. 스완과 오데트는 소설이나 영화에서 흔히 볼 수 있는 커플상이다. 모든 것을 내던져 사랑하는 남자와 여러 남자를 후보로 놓고 이리저리 재보는 여자. 우리는 이런 남녀를 보며 '남자는 사랑에 순수한데 여자는 계산적이다'라는 관념에 무게를 둔다.

그렇지만 그것이 진실일까. 신이 날 때부터 남자는 순수하게 순정을 바치도록, 여자는 주판알을 튕기며 이리 재고 저리 재보도록 각기 다른 유전인자를 심어주었을까. 이런 가정은 고전 작품 혹은 인류 역사 속에서 남성에게 일방적으로 마음을 주었던 여성들을 보면 순식간에 깨어져나간다. 베르디의 오페라 〈아이다〉의 암네리스 공주, 김일성의 딸 김경희, 우리 설화 속 평강공주. 이 여성들은 사랑에 모든 것을 걸었다.

강대국 왕의 딸이었던 암네리스 공주는 아이다를 마음에 품은 라다메스 장군에게 번번이 거절당하면서도 줄기차게 마음을 표했고, 북한의 신격화된 독재자의 딸 김경희는 아버지의 반대에도 아랑곳 않고 장성택을 만났으며, 평강공주는 가족들의 반대를 무릅쓰고 제가 택한 사람과 결혼했다. 이런 예들을 보면 여성이 사랑에 '올인'할 수 없도록 유전적으로 타고났다고 할 수는 없을 것 같다. 그렇다면 이런 여성들, 소수이긴 하지만 분명히 있었던 이런 여성들은 왜 다른 여성들과 달리 그런 선택을 했던 것일까.

그 답은 '힘'에서 찾아야 하리라. 힘에서 나오는 '여유'에서. 고전 작품 속에서 사랑에 모든 것을 걸었던 예외적인 여성들은 모두 '힘'이 있는 인물들이었다. 시대적인 배경상 그 힘은 주로 그 여성들의 부모에게서 나왔고, 그렇기에 그 여성들은 대부분 고귀한 신분이었다.

1. 짝사랑

이 여성들은 물불 가리지 않고 사랑에 뛰어들어도 먹고살
수 있었기에 과감하게 모든 걸 걸 수 있었다.

　사랑은 능동적인 감정이다. 한 사람의 마음 깊은
곳에서 자발적으로 나와 굵직한 파동을 만들어내는
완전히 자발적인 의지이다. 순전히 내 것이라 말할 수
있는 몇 되지 않은 마음의 파동을 따라가는 이 고급스러운
행위는 인류 모두에게 허락된 것이 아니었다. 전통적인
사회에서 성별로는 남성이, 사회적으로는 높은 지위에
있는 사람이, 이러한 파동에 온전히 몸을 실을 가능성이
컸다. 여성이거나, 사회적으로 높은 지위에 있지 않은
남성이 사랑에 모든 것을 거는 경우, 그 혹은 그녀는
혹독한 파멸을 맞이하곤 했다.

　남편이 제공하는 재력 외에는 특별한 재력을 갖고
있지 않았던 안나 카레니나는 사랑이 끝난 뒤에 끔찍한
파탄을 맞았고, 더버빌가의 테스는 사랑에 눈뜬 뒤
자신을 이용했던 남자를 죽이고 사형에 처해졌으며,
《주홍글씨》의 여주인공 헤스터 프린은 남편이 아닌
사람을 사랑한 대가로 평생동안 가슴에 '간통'을 뜻하는
머릿글자 A를 꿰매고 다녔다.

누군가를 사랑하고 그 사랑에 충실할 수 있는 상황은 상당 부분 그 사람의 환경적인 요인에서 기인한다. 온전히 제 감정에 충실하게 시간과 재력을 쏟아부을 수 있는 사람이, 짝사랑에 온전히 빠져드는 사치도 누릴 수 있는 것이다. 스완이 하루 벌어 하루 먹고 사는 남성이었다면 과연 여러 명의 '썸남'을 둔 채 자신을 그중 한 명으로 취급하는 오데트에게 그토록 시간과 마음을 쏟아부을 수 있었을까. 오데트가 재력이 풍부한 여성이었다면 과연 주위에 여러 남자를 포진시켜두고 그중 누가 가장 안정적으로 의식주를 제공해줄 사람인지를 알아내기 위해 기를 썼을까.

그러니 잠시 오데트를 이해하는 시간을 갖도록 해보자. 이리저리 재면서 영악하게 구는 저 못돼 보이는 여자, 그녀는 왜 저런 훈남을 두고도 여러 썸남 사이에서 간을 볼 수밖에 없었는가?

S의 경우

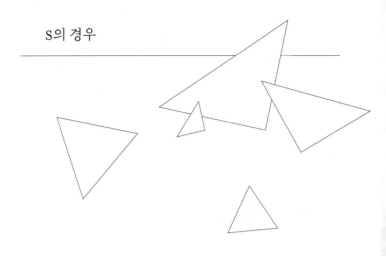

S는 울면서 걷는다. 낙엽이 밟히며 소리를 내고, 바람에 머리칼이 사방으로 흩날린다. 얇은 카디건 차림인 S는 바람이 불 때마다 소스라치며 앞섶을 여민다. 브이 자로 파인 카디건은 튼실한 바람막이가 되어주지 못하고, 찬 기운이 얇은 블라우스를 뚫고 들어오는 걸 느끼며 S는 몸서리 친다. 춥다. 너무 춥다.

조금 전 S는 남자친구인 G와 이별했다. 오늘 작별하고 내일 다시 만나는 일상적인 과정이 아닌 영원한 헤어짐.

안녕이라 고한 뒤 다시는 만나지 못하게 되는 그런 이별을.

　　　S가 이별을 직감한 것은 한 달쯤 전이었다. S가 G에게 말하지 않고 혼자서 모임에 참여한 것이 발단이었다. 사교적이지 않고 혼자 있기를 좋아하는 G는 S가 자신이 참가하지 않는 모임에 가는 것을 싫어했고, S는 모임에 참가할 때면 사전에 꼭 그의 동의를 얻었다. 문제가 된 날, 갑자기 생긴 모임이라 G에게 미리 이야기하지 못했다. 잠깐 있다 올 예정이었기에 굳이 말하지 않아도 될 것 같았다. 그런데 다음 날 이야기 도중 G가 사실을 알게 됐고, 둘 사이에 다툼이 일었다. 씁쓸한 얼굴로 G가 S의 사과를 받아들이는 것으로 마무리됐지만, 그 뒤로 둘 사이에는 은근한 거리감이 맴돌았다. 예전과 다름없는 만남이 유지되는 듯 보였지만 대화할 때 G는 S와 시선을 맞추지 않았고, 농담으로도 미래를 기약하는 말을 하지 않았다. 전화하는 횟수나 만남을 계획하는 빈도도 줄었다

　　　이러다 헤어질지도 모른다는 불안에 떨던 S가 먼저 말을 꺼냈다. 대체 왜 이러느냐고. 그러자 G는 기다렸다는 듯 말했다. 이제 정리했으면 좋겠다고. 너를 봐도 더는

설레지 않는다고.

걸음을 옮길 때마다 그 말이 떠올랐다. 너를 봐도 아무런 느낌이 없어. S는 입술을 깨물었다. 눈물로 뒤덮인 입술 주변으로 칼 같은 바람이 지나갔다.

그런 사람과 계속 만날 수는 없지.

수북이 쌓인 낙엽 위로 발을 올려놓으며 S는 생각했다.

아무런 느낌이 들지 않는다는 사람과 어떻게 만나겠는가.

불쑥, G와 만나기 전에 만났던 사람의 얼굴이 떠올랐다. 좋은 감정을 품고 만났지만 만난 지 두 달도 되지 않아 S의 마음이 변해서 떠나버렸던 사람, M의 얼굴이.

자신에게 매달렸던 M의 얼굴을 떠올리며 S는 발로 낙엽을 짓이겼다. 한 번만 만나달라고 애원하던 M의 음성. 수화기 너머로 술 냄새가 건너오는 것 같았던 그 느끼한 음성을 떠올리자 온몸에 소름이 돋았다. 이제부터 S가 G에게 연락한다면, G에게 S는 그와 같은 존재가 될 것이다. 떠올리는 것만으로 치가 떨리는,

어떻게든 떨쳐버릴 수만 있다면 더는 바랄 게 없을 것 같은 부담스러운 존재.

S는 양손을 맞잡았다. 어떻게 이런 일이 있을 수 있는가. 어제까지만 해도 세상에서 가장 가까웠던 사람이었는데, 살점이라도 떼어줄 것 같은 사이였는데, 이제는 다가가면 안 되는 사람이 되었다. 다시 만날 수 없는 것은 물론, 전화를 걸거나 카톡을 할 수도 없게 되었다. 이게 가능한 일인가. 어떻게 이런 일이 일어난단 말인가. 30분도 채 안 되는 시간에.

2. 실연

사랑은 무엇을 주는가

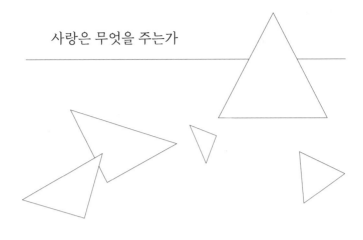

사랑에 빠진 이들은 온종일 그 사람을 생각한다. 아침에
눈뜰 때부터 밤에 잠드는 순간까지, 밥을 먹을 때, 일할
때, 공부할 때, 언제나 마음속에 그 사람이 있다. 어떤
순간엔 거의 그 사람이 된 듯, 그 사람과 연관된 일들에 그
사람보다 더 격하게 반응한다. 기쁜 일에 그 사람보다 더
기뻐하고, 슬픔이 닥치면 그 사람보다 더 슬퍼한다. 사랑이
선사하는 마법이다. '나'라는 육신에서 빠져나가 상대방

속으로 들어가는 것. 일순간 내가 '나'가 아니게 되는 것.

그 순간의 느낌은 '자유'라 불리는 상태와 비슷한 게 아닐까. 뭔가로부터 해방된 듯한, 언제나 나를 감싸고 돌던 무겁고 두터운 장막에서 벗어난 듯한, 그제야 세상 만물과 장애물 없이 직접적으로 만나는 듯한 순간들. 사랑하는 이와 함께 있으면 한꺼번에 벗어던질 수 있다. 외로움의 굴레, 허망함의 굴레, 갇힌 듯한 구속감의 굴레를.

기존의 '나'는 왜 그렇게 외로웠을까. 왜 그렇게 갇힌 것 같았을까. 아마도 그것은, 내가 개별자로서 단독으로 존재했기 때문일 것이다. 우리는 수많은 인간과 비인간 생명체들에게 둘러싸여 살지만, 언제나 내 육신 안에 갇혀 있다. 그렇기에 나처럼 생각하고 느끼는 건 세상에 오직 한 사람, '나'뿐이다. 멀쩡하던 내가 갑자기 복통에 시달려도 눈앞에 있는 사람은 내 복통을 느끼지 못하고, 누군가가 한 말에 영혼이 찔린 듯한 상처를 받아도 그 말을 뱉은 이는 내게 무슨 일이 일어났는지 모른다. 누군가와 함께 있는 순간에도 서로의 입장 차이를 느끼면 폐부를 찌르는 외로움에 시달린다. 결국 나는 혼자다.

미하이 칙센트미하이는 《몰입》이라는 책에서 인간이

행복을 느끼는 조건을 분석해냈다. 우리는 흔히 휴가를 내고 해변가에 가 누워 있으면 행복할 거라 생각하지만, 칙센트미하이의 연구 결과 사람들은 휴식을 취할 때 오히려 스트레스를 받고 일에 몰두할 때 행복을 느끼는 것으로 드러났다. 회사 일이든, 운동이든, 공부든, 한 가지 일에 집중해서 자신을 완전히 쏟아 넣을 때, 갖가지 상념을 잊고 무아지경에 빠져들고, 그런 때 행복이 찾아온다는 것이다.

사랑은 자신을 잊고 뭔가에 빠지는 순간이 집중적으로 극대화되는 일이다. 한 가지 일에 빠져드는 것은 일시적이지만, 한 사람에게 빠져드는 것은 그런 일의 연속이다. 사랑에 빠지는 순간 우리는 우리와 관련된 모든 일상을 산산이 분해한 뒤 그 조각을 일제히 그 사람에게 던져 넣는다. 나를 둘러싼 사물, 기후, 인간, 비인간 생명체, 지나온 내 삶의 역사, 공동체의 역사를 모두 해체해 그 사람과 결합시켜 재탄생시키면서, 급격하게 내 안에서 빠져나간다. 당사자인 두 사람이 각각 제 몸에서 빠져나와 자신을 이루던 모든 것을 해체한 뒤 상대의 것과 합쳐 조합해내고, 그렇게 해서 완전히 새로운 두 개의 인격을

당사자인 두 사람이

각각 제 몸에서 빠져나와

자신을 이루던 모든 것을 해체한 뒤

상대의 것과 합쳐 조합해내고, 그렇게 해서

완전히 새로운 두 개의 인격을

다시 만들어내는 것이다.

다시 만들어내는 것이다. 한 가지 '일'에 빠져드는 때와는 비교할 수 없는 강도의 몰입이 보장되는 건 지극히 당연한 일이리라.

일대일의 배타적 사랑에서만 이런 과정이 일어나는 것은 아니다. 다른 사람들과 대단위로 모여 무언가를 할 때, 이를테면 합창을 하거나 오케스트라를 연주하거나 모여서 함께 목소리를 내며 시위할 때, 우리는 급격한 고양감과 해방감을 느낀다. 여러 사람과 하나의 거대한 인격체를 만들어내는 과정에서 개별자의 굴레를 잠깐이나마 벗어던지는 것이다.

사람이 평생에 걸쳐 소속감을 갈망하는 건 이 때문이리라. 우리는 '나' 하나만 존재하는 상태보다 더 넓고 충만한 상태를, 나보다 더 크고 위대한 단위에 소속된 상태를 갈망한다. 그런 상태에 이르렀을 때 유한한 인간으로서의 나의 운명, 태어난 순간부터 죽음이라는 씨앗을 내장한 채 언제나 그것을 지니고 살아가야 하며, 어느 순간 그 씨앗에 굴복해 영원히 '무無'로 돌아가야 한다는 무시무시한 사실을 잊을 수 있기 때문이다. 우리를 지독한 허무감으로 이끄는 '죽음'이라는 사실에서 멀리

도망갈 수 있기 때문이다.

'죽음'을 넘어선 사랑의 합일. 내 모든 것을 산산조각
내어 너의 조각들과 섞어 새로운 '나'를 만들었다. 그런데
이제 사랑이 끝나버렸다. 그렇다면 어떻게 해야 하는가.
알알이 들어와 박힌 너의 흔적들을, 이미 내 일부가
되어버린 너의 조각들을 어떻게 제거해야 하는가. 애초에
그것을 분류하는 것이 가능한가. 무엇이 원래의 '나'이고
무엇이 너에게서 떨어져나와 내가 됐는지 구분하는 일이
대체 가능하기나 한가 말이다.

실연과의 대면

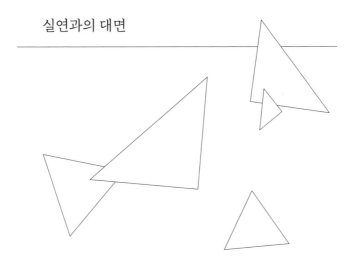

S는 지옥 같은 날을 보내고 있다. 아침에 눈을 뜨면 G를 생각하고, 새벽까지 잠 못 이루는 나날을 보내고 있다. 시간이 흐를수록 기억이 흐려지기는커녕 더욱 선명해진다. 매일 아침 더는 G가 곁에 있지 않다는 사실을 애써 되뇌어야 할 만큼 여전히 실연은 낯설고 충격적인 일이다.

    G는 S가 27년 인생에서 처음으로 1년 넘게 만났던

사람이다. 그전까지 혼자서 좋아하거나 짧은 기간 동안 만난 사람은 있었지만, 누구와도 긴 시간 안정감 있게 만나지 못했다. 그렇기에 G와의 연애는 꿈결 같았다. '내가 뭔가 모자라서 연애를 못하는 건가' 싶어 품었던 열등감도 그와의 만남으로 깔끔히 해소할 수 있었다. 그와의 만남은 그 자체로 행복을 주기도 했지만, 누군가와 진득하게 커플로 지낼 수 있는 '능력'을 보여줄 수 있는 데서 오는 충만감도 선사했다.

G와 만났던 1년 반 동안, S는 혼자서는 할 수 없었던 많은 일을 했다. 에버랜드에도 갔고, 커플 사진을 찍었으며, 함께 피트니스 센터에 다녔다. 주일마다 손을 잡고 같은 교회에 갔고, 다른 커플과 더블데이트를 했다. 커플 티, 커플 반지, 커플 문신 등 이전에 바라보기만 했던 모든 이벤트에 당사자로 참여했다. 이 사람을 만나기 위해 그동안 그토록 외로웠던 것일까 싶을 정도로.

그런데 그 모든 게 무로 돌아갔다. 헤어지고 싶다는 G의 한마디에, 모든 것이 끝나버렸다. 찬란했던 날들이 일제히 과거가 되었고, 다시는 밟을 수 없는 머나먼 영토가 되었다. 기억 속에 있지만 이제는 가닿을 수 없는

2. 실연

시간들. 내 것이라고도, 내 것이 아니라고도 할 수 없는
기억들.

　　함께 등록했던 피트니스 센터를 방문해 남은 기간에
대한 비용을 환불받고, 같은 모양으로 맞추어 장만했던
물건들을 버리고, 문신을 지우러 가고, 어정쩡한 핑계를
대며 앞으로 교회에 나가지 못할 것 같다고 말하는
과정을 거치면서 S는 결심했다. 매달리지 않겠다고.
먼저 전화하거나 찾아가지 않겠다고. S는 알고 있었다.
G에게 연락하는 순간 자신이 곧바로 낮은 신분으로
강등되리라는 것을. 전화해서 다시 만나자고 애원하는
순간 G는 고귀하기 짝이 없는 높은 신분으로, 자신은
비천한 천민으로 추락하게 될 것이었다.

　　그럴 수는 없지.

　　S는 입술을 깨물었다.

　　죽으면 죽었지 그 사람에게 연락하지 않을 것이다.

　　핸드폰에서 G의 번호를 지웠다. 메일 리스트에서도
차단했다. 그 과정에서 아직 지워지지 않은 SNS 계정을
통해 G에게 메시지가 왔다. 뭘 그렇게까지 하느냐고.
자신은 S의 이름을 그대로 남겨두고 있으며, S의 생일을

비밀번호로 삼은 계정들도 변경하지 않았다고 했다. 앞으로도 S의 연락처나 계정을 삭제할 생각이 없다는 말도 덧붙였다.

태연히 날아든 메시지를 읽으며 S는 다시 한번 G와 자신의 '신분 차이'를 실감했다. 이 인간은 시야에 내 이름이 들어와도 아무렇지도 않구나! 먼저 떠났기에, 이제는 나를 봐도 설레지 않기에, 무신경하게 내 이름을 볼 수 있는 것이다! 분노와 슬픔으로 이글거리는 눈으로 메시지를 들여다보다가, S는 답을 보냈다.

그럼 넌 계속 그렇게 하던가.

G가 보내온 답은 걸작이었다.

그냥 친구로 지내면 안 돼?
우리가 죽을 것처럼 싸우고 헤어진 것도 아니고.

S는 그 메시지를 붙잡고 하룻밤을 꼬박 새웠다. 수많은 말을 썼다 지웠지만, 끝내 아무 말도 보낼 수

없었다. 무슨 말을 해도 '승리'는 그에게 돌아가게 되어
있었으니까.

　　새벽이 밝아오는 것을 보며, S는 아직 삭제하지 않은
G의 SNS 계정으로 들어가 그의 흔적을 찾아다녔다.
포스팅을 역순으로 읽고, 그에게 메시지를 남긴 친구들의
SNS를 찾아가 그들의 포스팅을 면밀히 살폈다. G가 S와
만나기 이전에 가입했던 모임 게시판에도 들어가 그가
남긴 글과 댓글을 추적했다. 그가 과거에 아르바이트했던
곳의 홈페이지에 가서 게시판을 훑고, 구글에 들어가 그가
주로 사용하는 아이디를 이용해 그가 웹상에 남긴 글 중
놓친 것이 없는지 살폈다. S의 하루는 그렇게 흘러갔다.
휴가를 내기 위해 잠깐 회사에 전화를 걸 때를 제외하고는
온종일 방안에 틀어박혀 모니터에 얼굴을 파묻고 있었다.

　　메탈 소재 팔찌 팝니다.

중고 물품 거래 사이트에서 이런 제목을 봤을 때 처음엔
'설마' 싶었다. 헤어진 지 며칠이나 됐다고 이런 짓을! 아닐
것이다! 다음 화면으로 넘어가려던 S의 시선을 붙잡은

것은 그 글을 올린 이의 아이디였다. G는 아이디를 만들 때 두 종류의 단어를 주로 썼는데, 그 글을 올린 이의 아이디에 그중 하나가 포함돼 있었다.

S는 떨리는 손으로 그 글을 클릭했다. 사진이 떴다. 두툼한 메탈 소재에 작은 다이아몬드가 군데군데 박힌 팔찌의 사진이. 그것은 S가 지난달 G의 생일 때 선물했던 팔찌였다. 팔찌를 맞출 때 그가 '진짜' 다이아몬드를 박았으면 좋겠다고 말해 놀랐던 기억이 지금도 생생했다. G는 팔찌나 반지 같은 장신구를 즐겨 했는데, 보석에 집착하지는 않았다. 워낙 멋쟁이인데다가 외모가 좋은 편이어서 귀걸이나 팔찌를 하면 말 그대로 '빛이 났다'. 남자가 자신을 그렇게 꾸밀 수 있다는 것을, 장신구를 통해 그렇게 빛날 수 있다는 것을, S는 G를 통해 처음 알았다.

한 달 월급의 3분의 1 가까이 되는 돈을 결제하면서 마음이 쓰렸던 건 사실이지만, S는 그냥 원하는 대로 해주기로 했다. 그가 허구한 날 보석을 요구하는 것도 아니고, 그가 하고 다니다가 싫증이 나면 자신이 하고 다니면 될 것이었다. 그런데 그렇게 그의 팔목에 가 걸렸던

메탈 팔찌를 중고 거래 사이트에서 보고 있으니 등줄기에
서늘한 칼날이 지나가는 것 같았다.

　　G가 올린 글은 그 외에도 많았다. 이틀에 걸쳐 열
개가 넘는 글을 올렸는데, 대부분이 S가 선물한 물품에
대한 판매 글이었다. 진한 회색과 밝은 베이지색 사이에서
한나절 동안 고민하다 구입했던 B사의 재킷, 구매대행을
통해 샀다가 사기를 당하는 바람에 다시 정가를 다
주고 구입했던 T사의 가방, 겨울이 올 것에 대비해 미리
장만해주었던 R사의 가죽장갑…… 마지막 화면에서 그의
누나 결혼식 때 하고 가라고 큰맘 먹고 장만해주었던
커프스단추에 박힌 영롱한 다이아몬드를 보면서, S는
자신이 '전남친'을 몰라도 너무 몰랐음을 깨달았다.

　　기왕 할 거면 제뉴인을 해도 뭐 나쁠 건 없지. 굳이 집착할
필요는 없지만.

　　고급 커프스에 큐빅을 박는 게 좀 구린 것 같다고
S가 지나가듯 말했을 때, G는 이렇게 말했다. S는 미니
초콜릿의 껍질을 까서 수북이 쌓인 껍질 더미에 던져

넣으며 당시를 떠올렸다. 지나가듯 말하며 다른 곳을
보던 G의 심드렁한 말투와 냉소적인 표정이 번쩍이며
지나갔다.

　그러니까 G는 그때도 은근히 전달했던 것이다.
자신이 진짜 보석을 선호한다는 것을. 원한다면
진짜 다이아몬드를 넣어주겠다고 했을 때 그가 펄쩍
뛰며 말렸기에, 그동안 S는 마지막 순간에 커프스에
다이아몬드를 넣기로 한 것이 순전히 자신의 의지였다고
생각했다. 다시 생각해보니, G의 의지였다. 그가 교묘한
방식으로 제 의지를 관철시켰던 것이다.

　충격적인 것은 G가 그리 비싸지 않은 물건까지 죄다
팔려고 내놓았다는 점이었다. 그는 S가 사주었던 무지
티셔츠 세 개들이와 양말 패키지까지 "사용하지 않은
완전 새 제품"이라며 내놓았다. 도대체 그는 지금 어떤
상황이란 말인가……

　S가 알아낸 것은 G의 금전적 형편만이 아니었다.
S에게 밝힌 나이도 거짓이었다. G는 S보다 한 살이 아니라
세 살 아래였다. G는 게임 동호회의 한 게시글 밑에 어릴
때 했던 게임에 대해 댓글을 주고받았는데, 그 한 줄짜리

댓글에 출생연도가 버젓이 들어가 있었다.

S는 일어서서 부엌으로 갔다. 캄캄해진 창밖으로 가로등에 불이 들어와 있었다. 부엌 형광등은 한참 깜빡이다 천천히 들어왔다. 냉장고 문을 열었지만 시들어 쪼그라든 채소와 상한 반찬들 외에는 먹을 만한 게 보이지 않았다. 평소 장보기와 요리를 즐기던 동생이 출장으로 집을 비우자 곧바로 냉장고가 버려야 할 것들로 가득 차버렸다.

그래도 동생과 살아서 다행이다.

찬장에서 라면을 꺼내면서 생각했다. 여동생과 함께 산 덕분에 G가 집에 오는 것을 막을 수 있었다. 만일 G가 이 집을 제집처럼 드나들었다면 S는 지금 이 집에서 살 수 없었으리라. 그와의 추억으로 가득 찬 곳에서, 아무 일도 없었던 것처럼 혼자 밥을 먹고, 씻고, 자고, 일어나 출근할 수 없었으리라.

물이 끓는 소리에 S는 상념에서 깨어났다. 라면 봉지를 들고 싱크대로 가는데 가느다란 한숨이 새어나왔다. 봉지에서 꺼낸 라면을 너무 세게 던져 넣는 바람에 물방울이 얼굴과 목덜미에 튀었다. 아얏,

S는 인상을 쓰며 뒤로 물러섰다. 뜨거운 물세례를 받아 따끔거리는 목을 쓰다듬으며 S는 뭔가가 무너지는 소리를 들었다. 정교하게 설계된 커다란 건물이 무너져내리는 소리를.

실연과의 대결

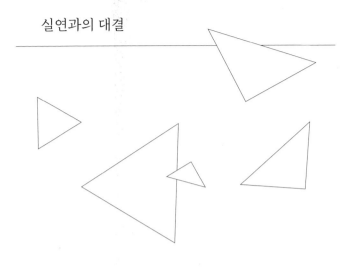

인터넷으로 G의 행적을 추적했던 데 무슨 의도가 있었던 건 아니다. 인터넷에 남은 흔적으로나마 그와 만나고 싶었을 뿐이다. 그 과정에서 S가 자신의 문제, 실연이라는 당면한 문제와 거리를 두게 된 것은 생각지 못하게 획득한 덤이었다. 사귀던 당시에는 보지 못했던 G의 모습에 눈을 뜨면서, S는 '차인 사람'이라는 정체성에서 빠져나왔다. 허우적거릴 때마다 더 깊게 빠져들던 슬픔에서 헤어나와 냉철한 관찰자가 되었다.

자신에게서 빠져나와 예전에 자신이었던
인물과, 자신의 애인이라 불렸던 이의 모습을 완전히
다른 과정에서 반추해보는 과정. 그것은 일종의
유체이탈이었다. 그리고 기나긴 장정의 끝에 이르렀을
때 최종적으로 떠오른 것은, 헤어지던 무렵 있었던
에피소드였다.

S가 그에게 미리 알려주지 않고 모임에 나가기 전날,
G는 S에게 주식투자를 제안했다. 같이 계좌를 만들어
종잣돈을 만들자고. 이제 슬슬 함께할 미래를 생각해봐야
하지 않겠느냐는 전망을 흘리며 그는 S에게 송금을
요구했다. 일단 자신 명의의 증권사 계좌로 돈을 넣으면
자신이 한 번 '돌린' 후에 돈을 빼서 공동계좌를
만들겠다고 했다. 당시 S가 그 제안을 단칼에 거절한 것은
동생이 주식투자를 해서 적잖은 금액을 날리는 걸
본 적이 있기 때문이었다. 그리고 다음 날, S는 모임에
나갔고, G의 태도가 싸늘해졌다.

불어버린 라면 가락을 보고 서둘러 가스 불을 끄며
S는 고개를 끄덕였다. 그렇구나! 결별의 원인은 S가 통보

2. 실연

없이 모임에 나간 데 있지 않았다.

S는 라면을 냄비째 식탁 위에 올렸다. 구불거리며 올라가는 여러 겹의 연기 사이로 주식 얘기를 꺼내던 G의 음성이 떠올랐다. 떨리던 가는 음성이.

S는 젓가락으로 라면을 휘저었다. 연기가 사방으로 퍼져나가면서 뜨거운 기운이 얼굴로 침투해왔다. 그것은 G가 S에게 송금을 요구한 최초의 사례였다. 또한 그것은 S가 그의 제안을 매몰차게 물리친 첫 번째 사례였다.

만나는 동안 S는 G의 요청을 대부분 들어주었다. 가끔 동생이나 친구들이 너무 G의 요구대로 해주지 말라고 충고할 때면 S는 알아서 할 테니 신경 끄라고 응수하고 넘어갔다. 동생의 사례를 지켜보지 않았다면 S는 G의 송금 요구에도 응했을지 모른다. 아니, 분명히 응했을 것이다.

이런 게 사랑인가.

S는 라면을 말아 올리던 젓가락을 냄비에 부려놓았다. 조금 전에 흘린 라면 국물이 여기저기 묻은 2인용 식탁이, 퉁퉁 분 라면으로 허기를 채우고 있는 제 몸뚱이가, 창밖을 육중하게 물들이고 있는 어둠이

섬뜩했다. S는 한쪽 팔을 식탁에 올리고 손바닥으로
얼굴을 괬다. 이대로 땅으로 꺼져버리고 싶다.

2. 실연

사랑에 100퍼센트 충실했다면, 실연을 맞았을 때 생을

그대로 놓아버려야 할 것이다. 실제로 실연 때문에 생을

마감하는 사람도 있다. 하지만 사람은 한 가지 감정에만

충실하게 살아갈 수 없게 설계된 생명체라, 절망한

상태에서도 먹고, 자고, 출근하며 일상을 유지한다.

그렇게 일상을 보내면서, 연애의 한가운데 있을 때는

보지 못했던 것을 보게 된다. 그 과정을 어떻게

가까웠던 이와 이별하면
가까웠던 만큼
강력한 적이 된다는 것을,
S는 그제야 깨달았다.

통과하느냐에 따라 실연을 통과한 사람의 나머지 인생은 바뀐다.

S는 완벽주의자였다. 그렇기에 절망한 와중에도 초라한 모습을 보이지 않으려 안간힘을 썼다. 특히 G의 제안, 그냥 친구로 지내는 게 어떻겠느냐는 제안에 응하지 않은 것은 좋은 선택이었다. S는 대답 대신 G의 뒷모습을 추적했다. 그때 S는 본능적으로 알아차렸던 것이다. G의 정체를.

G는 적군이었다. S의 자존감을 부수고, 꿋꿋이 살아가려는 의욕을 꺾어놓으며, 언제든 S를 비굴하게 만들 수 있는 적군. S에게 주어진 과제는 그가 없는 삶을 견디는 게 아니라, 그와의 대결에서 싸워 승리하는 것이었다. 가까웠던 이와 이별하면 가까웠던 만큼 강력한 적이 된다는 것을, S는 그제야 깨달았다.

사귀었던 사람의 흔적을 뒤쫓는 데 꼬박 며칠을 보낸 S는 다시 회사에 출근했고, 좋은 음식으로 세끼를 챙겨 먹었으며, 회사 근처 피트니스 센터에 등록해 혼자 운동을 시작했다. 실연에 따른 절망이 사라지지는 않았다. 하지만 자신이 했던 일이 무엇이고, 만났던 상대가 자신에게 했던 일이 무엇인지를 알게 되자 어느 정도 평정심을 유지할 수 있었다.

그렇게 한 달여를 지냈을 때, G가 다시 연락을 해왔다. 만난 자리에서 그는 대체 우리가 왜 헤어졌는지 모르겠다고 말하며 손을 내밀었다. 그가 내민 손에 손을 올려놓았지만, 부드러운 손의 감촉이 좋다고 느껴졌지만, S는 다시 만나자는 그의 제안에 응하지 않았다. 한때 세상에서 가장 가까웠던 사람, 그 손의 감촉을 한동안 음미한 뒤 작별을 고했다.

내가 싫다며 떠나간 사람은 나의 적군, 세상에서 가장 강력한 적군이다. 세상 누구도 모르는 내 습관, 역사, 과거를 알고 있지만 더 이상 나를 사랑하지 않는 위험인물이다. 이 적군이 품고 있는 치명적인 병기는 그가 내 마음을 쥐고 있다는 점이다. 나는 그를 잊은 듯 멀쩡히 살아가지만, 언제든 그가 손짓하면 달려갈 수 있다. 그가 진심으로 다시 돌아왔다고 느끼면 나는 모든 것을 버리고 달려갈 것이다.

나를 왜 사랑하느냐는 연인의 물음에 사랑에 빠진 이들은 '그냥', '그냥 너라서 좋았다'고 말한다. 물음을 던진

이에게 이보다 더 만족을 주는 말은 없다. 마찬가지로,
변심한 이에게 나를 왜 사랑하지 않느냐고 묻는다면,
그래서 상대가 '그냥 네가 싫어졌다'고 말한다면,
그 말처럼 사람을 무력하게 만드는 말은 없으리라.
아무 이유 없이 싫다는 것 아닌가. 나의 존재 자체가
싫어졌다는 말이 아닌가.

　　우리는 우리를 싫어하는 누군가에게서 구체적인
이유를 알아내기 위해 필사적으로 노력한다. 못생겨서,
돈이 없어서, 가방끈이 짧아서 등등, 상대가 떠난 이유를
특정한 요인과 연관시키면 마음이 편해진다. 상대의 변심
이유를 나의 일부분에, 구체적이고 한정적인 작은 사실에
한정하면, 나를 이루는 나머지 요소들은 그럭저럭 괜찮은
것처럼 생각할 수 있기 때문이다. '나'를 '못생겼지만(돈이
없지만, 가방끈이 짧지만) 그래도 가치 있는 사람'으로
간주할 수 있기 때문이다.

　　G에 대해 냉철하게 파악해나가는 동안 S에게
일어난 일이 정확히 그것이었다. 도대체 왜! 궁금증을
해소하기 위해 S는 G와의 관계를 내부가 아닌 외부에
서서 객관적으로 바라보았다. G가 떠나간 이유의 초점을

자신이 아닌 그에게 맞출 기회를 가졌다.

　적군의 실체를 알기 위해 현미경을 들이대는 순간,
우리는 비로소 '진짜 세계'에 입성한다. 사랑에 빠져
있었던 동안엔 상대를 내가 만들어놓은 환상의 세계로
끌어와 열심히 꾸며주고 포장해주었다면, 사랑이 끝난
다음엔 내 세계 바깥으로 나와 비로소 내 '전 애인'이라는
타인이 서식하고 있는 진짜 영토, 흙으로 된 진정한
공간에 발을 들여놓는다. 이는 우물 밖으로 나와 넓은
세상과 조우하는 경험이다. 그 경험을 통해, 우물 안에서는
그토록 멋있어 보였던 왕자님이 실은 지질하고 가엾은
두꺼비였음을 알게 된다.

　그러니 나를 괴롭히는 누군가가 있다면, 그 사람에
대해 공부하자. 내게 혐오발언을 내뱉은 사람이 있다면
다짐하자. '내 너를 공부하리라!' 대체 왜 그런 저급한
말을 발사했는지 알아내겠다고 결심하고 상대의
일거수일투족을 관찰하자. 상대가 종사하는 직업군의
특성을 알아보고, 대화를 통해 상대의 성장 과정을
탐색하자. 그 과정에서 그 사람이 내게 그토록 비상식적인
말을 내뱉은 경로를 알게 될 것이다. 그리고 그 경로를

알게 되는 순간, 그 사람이 내뿜던 적군으로서의 마력은 크게 반감될 것이다. 세세히 파악당한 대상은 더 이상 마력을 휘두를 수 없게 되므로.

프랑스 작곡가 베를리오즈의 〈환상교향곡〉에는 한 남자가 제 사랑을 받아주지 않는 상대를 죽인 뒤 단두대로 향하는 장면이 나온다. 당시 짝사랑하던 여성에게 거절당한 베를리오즈가 제 감정을 투사해 만든 장면이다. 이처럼 사랑이 끝난 자리에는 누군가의 생을 끝장내버릴 정도로 강력한 에너지가 넘실거린다.

사랑을 잃어버린 사람은 아무것도 원하지 않지만, 아무것도 두려워하지 않는다. 무엇도 하고 싶어하지 않지만, 무엇이든 다 할 수 있다. 깊은 절망에서 나오는 에너지로, 이전에는 시도조차 할 수 없었던 것들을 시도한다. 사랑을 잃고 우리는 성숙해진다.

아델의 경우

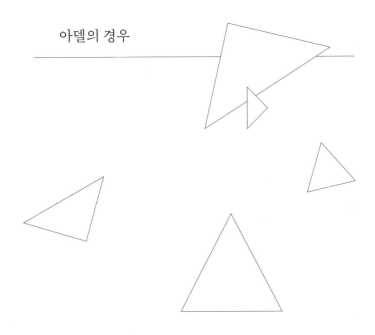

영화 〈가장 따뜻한 색, 블루〉는 고등학생인 아델의
평온한 일상으로 시작한다. 책 읽기를 좋아하고 또래
친구들과 가십을 나누며 깔깔거리기도 하는 아델은 흔히
볼 수 있는 10대 소녀이다. 그런데 어느 날 건널목을
건너던 파란 머리 여성과 마주치면서부터, 아델의
평화로운 일상에 균열이 생긴다. 남자친구와 격렬하게
관계를 갖고, 친구들 앞에서 '나는 레즈비언이 아니다'라고

항변하듯 외쳐보지만, 아델은 파란 머리 여성 엠마에게 걷잡을 수 없이 빠져들어가는 자신을 제어할 수가 없다.

대학에서 순수미술을 전공하는 엠마와의 만남은 아델의 모든 것을 바꾸어놓는다. 아델은 엠마와 몸을 나누며 쾌감에 어쩔 줄 모르고, 함께 시위에 나가고, 엠마의 예술가 친구들과 파티를 즐긴다. 아델의 육신과 정신이 온통 엠마를 향해 있음이 드러나는 영화의 중반은 긴 시간 동안 육체의 마주침으로만 채워지고, 엠마를 향한 아델의 눈빛, 벌어지는 입, 경련을 일으키는 듯한 몸짓은 사랑에 빠진 사람의 몸이 어떻게 변하는지를 극명하게 보여준다. 화면을 가득 채운 두 나신의 엉킴이 글자 그대로 오르가슴을 보여주지만, 지켜보는 관객들에게 그것이 살아 있는 인간이 맞이할 수 있는 최고의 순간임을 보여준다는 면에서 성행위는 은유적인 메시지로도 맺힌다.

끝없이 이어질 것 같은 축제의 나날은 그러나, 너무 이르게 마감된다. 유치원 교사가 되어 아이들을 가르치고 집안 살림에 충실한 아델과, 화가로 데뷔해 예술계 인사들과 교유를 이어가는 엠마의 사이에 틈이 생긴다. 이

틈을 주목하고 결단을 내리는 건 엠마다.

　동성애를 세상을 채우는 여러 빛깔의 하나로 여기고 자연스럽게 받아들이는 부모에게서 자라난 엠마, '살아 있는 상태'의 굴과 화이트와인을 즐기고 클림트와 에곤 실레의 차이에 대해 짧고 날카롭게 의견을 제시할 수 있는 엠마는, '먹고사는 문제' 외의 것엔 크게 가치를 두지 않는 부모 밑에서 자라고 동성애를 '굳이 세상에 드러낼 필요가 없다'고 생각해 감추려 드는 아델이 자신과 너무 다른 종류의 사람임을 알아차린다. 그리고 어느 날, 다른 남자와 만나고 온 아델에게 불같이 화를 낸다. 어떻게 다른 남자를 만진 더러운 손으로 자신을 만지려 들 수 있느냐며 당장 집에서 나가라고 호통 친다.

　그 장면을 보고 있으면, 엠마가 그동안 아델과의 관계에 한계를 느껴왔고, 관계를 정리하기 위해 기회를 노려왔음을 알게 된다. 그렇게 매몰차게 내보내는 것이, 아델의 바람기 때문에 헤어지는 것으로 두 사람의 이야기를 완성하는 것이 가장 좋은 선택지라 생각했을 것이다.

　그러나 순수하고 자기감정에 충실한 아델은 그런

식으로 관계를 끝낼 수 없었다. 아델이 다른 사람과 만났던 것은 엠마에게 '리즈'라는 다른 여성이 생겼기 때문이었다. 점점 멀어져가는 엠마에게 서운함을 느낄 때마다 외로움을 채우기 위해 유치원 동료인 남자와 시간을 보냈던 것이다.

지적이고, 관계의 처음과 끝을 객관적으로 성찰할 수 있었던 엠마에겐 그럴싸한 스토리를 덧입혀 그들의 관계를 끝내는 게 가능했을지 모른다. 아마도 서로를 위해 약간의 연극을 하는 게 최선이라고 생각했을 것이다. 하지만 아델에겐 그게 통하지 않았다. 아델에게 중요한 것은 오직 한 가지, 자신이 엠마를 사랑하고 있다는 사실, 손대면 데일 정도로 뜨겁게 사랑하고 있다는 사실 하나뿐이다.

그리고 그 장면이 펼쳐진다. 나가라고 소리 지르는 엠마에게 아델이 울면서 매달리는 장면이. 잘못했다고, 네가 멀어져가는 것 같아 너무 외로워서 그랬다고, 다시는 그 남자를 만나지 않겠다고, 온몸으로 절규하는 아델의 모습이. 사랑이 품고 있는 잔인한 속성이 일말의 꾸밈이나 누그러뜨림 없이 드러나는 순간, 사랑의 비밀이, 신비한

베일에 겹겹으로 싸여 있던 뜨겁고 시뻘건 동체가,
가차 없이 존재를 드러낸다. 그것은 이별이다. 사랑했던
사람을 다시는 볼 수 없게 되는 황량한 벌판을 향해
나아가는 첫 관문. 드넓은 광야로 이어지는 길고 쓸쓸한
여정의 첫 번째 코스.

아델은 앞의 에피소드에 등장했던 S의 모습과 대조를
이룬다. 아델은 실연 앞에서 완전히 무너져내렸다. 상대를
여전히 사랑하고 있음을 고스란히 내보이며 처절하게
매달렸다. 무릎을 꿇고, 잘못했다고 외쳤다. 뭐든지 할
테니 제발 자신을 버리지 말아달라고 애원했다. 그것은
사랑하는 사람을 잃을 위험에 처한 인간에게서 나오는
가장 자연스러운 대처였다. 눈물로 뒤덮인 일그러진
얼굴, 거칠고 육중한 괴성, 주인을 따르는 강아지처럼
비굴하게 매달리는 모습들이 한편으론 너무나 아름답고
절절하게 다가오는 것은, 그것이 우리 모든 인간이
숙명적으로 받아안아야 하는 운명에 대한 가장 비겁하지
않은 대처였기 때문이리라. 쿨하게 이별을 받아들인 뒤
상대 앞에서 끝까지 이성적인 모습을 지켰던 S가 절대로
보이고 싶지 않았던 모습을 모두 모아 형상화한다면 바로

아델이 될 것이다.

S가 다가온 이별에 이성과 자제력, 지성을 끌어모아 대처했다면, 아델은 제 감정에 대한 충실함, 타인에 대한 성의, 솔직함이라는 정면돌파법을 선택했다. 두 사람이 완전히 다른 길을 걷도록 하는 데는 각자 타고 태어난 기질, 사랑이라는 사건을 통과하던 지점의 인간적인 성숙도, 성장기에 만났던 사람들의 성향, 사랑을 함께 만들어나갔던 상대의 특성 등 많은 요인이 작용했을 것이다. 이중 하나의 요인이라도 달랐다면 두 사람은 정반대의 선택을 했을지도 모른다. 예컨대 S의 상대가 G가 아니라 엠마처럼 이성적이고 지적인 사람이었다면, 반대급부로 S는 감정적인 대응으로 치달았을지도 모른다. 마찬가지로 아델의 상대가 G처럼 얄팍한 사람이었다면 아델은 냉정하게 이별에 대처했을지도 모른다.

사람과 사람이 만나 일으키는 화학반응은 헤아릴 수 없이 많은 변화 인자를 품고 있기에, 사람은 같은 종류의 사건에 대해 이전과 완전히 다른 방식으로 대응할 수 있다. '사랑'에 예측할 수 없는 거대한 힘을 부여하는 것은 바로

2. 실연

이런 인자들이다. 무엇이 옳고 무엇이 그른가? 무엇이
추하고 무엇이 아름다운가? 그런 것은 없다. 중요한 것은
두 사람이 그저 실연이라는 아찔한 심연 앞에서
제 피부밑으로 흐르는 삶의 역사, 유전자적 기질, 잠재된
힘들을 모두 동원해 최선을 다했다는 점일 뿐이다.

3. 금기와 사랑

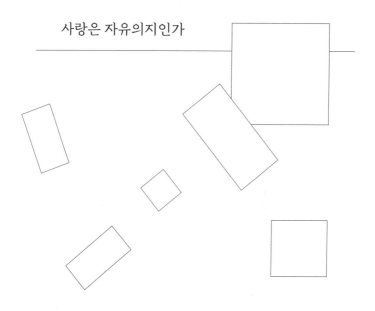

횡단보도를 건너려는데 경고음이 들렸다.

다음 신호에 건너세요.

건널목에는 오가는 차 한 대 없고, 깜빡이는 초록등 밑으로 7이라는 숫자가 들어와 있었다. 다급하게 뛰어 건널목을 건너는데 입에서 이런 외침이 나왔다. "싫어!"

며칠 뒤 같은 건널목을 건너는데 이번에는 다른 주의사항이 들려왔다.

좌우를 살피신 뒤 건너세요.

이미 좌우를 살핀 다음이었기에 나는 꼿꼿이 앞을 쳐다보며 건널목을 건넜다. 그리고 외쳤다. "싫어!"

주위에 아무도 없었고, 있었다 한들 '넌 왜 좌우를 살피라는데 안 살피니?'라고 꾸중할 리 없었지만, 내 입에서는 커다란 거부의 말이, 아이처럼 부루퉁한 소리가 나갔다. 얼마 뒤 같은 횡단보도 앞에서 똑같은 소리("싫어!")를 또 내질렀다는 사실을 인식한 뒤, 나는 궁금해졌다. 내가 왜 이러지? 그것은 일종의 반사작용, 미처 인식하기도 전에 튀어나가는 나의 의지였다.

인간이 자유롭게 제 의사를 드러내고 관철시키는 것은 일종의 존재 증명이다. 인생을 제 의지대로 꾸려가려는 욕망은 남녀노소를 불문, 모든 인간이 죽을 때까지 품고 가는 근본적인 욕망이다. 다른 종의 생물들과 달리 인간은 배부르고 등이 따뜻해도 제 의지에 따라

살지 못하면 견디지 못한다. 타인이 제 몸과 마음을
조종하려 드는 것을 일정 기간 감내할 수 있지만, 그
기간이 지나가면 결국 억눌렀던 의지를 분출한다. 상사의
의지를 억지로 따르던 회사원은 아득바득 견디다 사표를
제출하고, 부모의 강요로 원치 않은·직업을 가졌던
자식은 어느 순간 하던 일을 그만두고 제가 하고 싶었던
일에 도전한다. 그룹 단위로 보면, 시민들이 똘똘 뭉쳐
왕권 체제를 무너뜨렸던 프랑스혁명이 그런 사례에
속할 것이다. 그것은 억눌려왔던 시민들이 들고일어나
불합리한 제도를 뒤엎고 제 의지대로 새롭게 제도를
만들었던 인류사 최대의 사건이었다.

　　사랑은 존재 증명으로서 인간의 자유의지가 가장
극적으로 드러나는 장르이다. 부모나 공동체에 의해
금지당했을 때, 사랑은 증폭되며 걷잡을 수 없이 타오른다.
우리는 오랜 인류 역사를 통해, 심금을 울렸던 예술작품을
통해 그런 장면을 수없이 목격해왔다. 트리스탄과
이졸데, 로미오와 줄리엣, 아벨라르와 엘로이즈처럼
반대에 부딪혔지만 굴하지 않고 끝까지 사랑했던 이들의
이야기가 두고두고 되살아나 가슴을 적시는 것은, 그것이

사랑은 존재 증명으로서 인간의 자유의지가
가장 극적으로 드러나는 장르이다.

인간종 특유의 자유의지를 실현한 대표적인 사례이기 때문이리라. 그 무엇도 내 의지대로 살 수 없는 것처럼 보이는 혼란한 시대를 살면서, 우리는 모든 것을 걸고 제 의지를 관철시켰던 연인들의 이야기를 통해 사이다를 들이켠다.

뒤집어 말하면, 강력한 금기가 있었기에 그들의 사랑이 그렇게 빛났던 것이다. 금지당하지 않았다면 그들은 무엇으로 자신들의 사랑을 차별화했을 것이며, 평범한 사랑이 어떻게 우리의 심금을 울렸겠는가? 금기는 인간이 이루어온 문화의 많은 부분의 원동력으로 작동했으며, 당대의 금기는 그다음 시대에 이르러서는 당연한 일로 받아들여지며 매혹적인 이야기와 예술작품들을 낳았던 산파 역할에서 내려오기도 했다. 그러니 인간의 마음에 대해 알려면 금기를 연구해야 할 것이다.

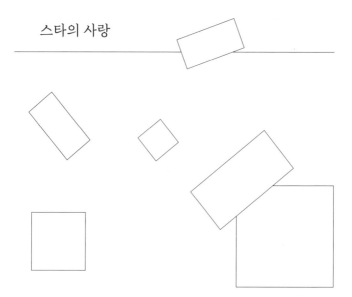

스타는 현대사회가 낳은 신종 직업이다. 물리적으로 가까이 사는 이들과만 연을 맺었던 선조 인류와 달리, 현대 인류는 교통과 통신 기술의 발달로 같은 마을에 살지 않는 사람과도 교유하고 영향을 받으며 살게 되었다. 한 사람에게 '의미 있는' 사람이 될 수 있는 후보군의 범위가 혁명적으로 넓어진 것이다. 스타는 그렇게 넓어진 사교의 범위와 가능성을 압축해서 보여주는 상징적인 존재이다.

우리는 옆집 이웃에 대해서는 아는 게 별로 없어도 화면을 통해 만나는 스타에 대해서는 속속들이 안다. 현실에서 한 번도 만나본 적이 없고 앞으로도 만날 가능성이 매우 낮은 인물의 출생연도, 가정환경, 인생 내력, 취향, 연애 이력까지 샅샅이 알고 그에 대해 품평하는 일상을 자연스럽게 받아들인다. 이 기이하게 친근한 인물군(스타들)에게 애정을 느끼고, 잘되기를 기원하며, 부음을 들었을 때 안타까워한다.

먼 듯 가깝고, 가까운 듯 먼 존재인 스타가 대중에게 끼치는 영향력은 어마어마하다. 스타의 말 한마디에 몇십 년 동안 시민운동가들이 심혈을 기울여도 폐지되지 않던 백해무익한 법안이 폐지되고, 방황하던 청소년들이 집으로 돌아가며, 스타가 걸치는 옷이나 장신구가 며칠 만에 천문학적인 매출을 올린다. 스타의 힘과 영향력은 인터넷이 발달하고 지구에 사는 주민들의 생활 패턴이 비슷해지면서 더욱 넓어지고 강해졌다. 대한민국 보이그룹 BTS가 빌보드 차트를 석권하고 유엔에 연사로 초청되어 연설을 한 것은 이를 입증해주는 대표적인 예시이다.

그렇다면 역으로, 대중이 스타에게 끼치는 영향력은 어떨까. 대중이 스타에게 끼치는 영향력은 상상을 초월한다. 대중은 주위의 다양한 이들에게서 영향을 받으며 살기에, 스타에게 절대적으로 기대지 않는다. 군집 단위로 영향 받을 뿐 개개인의 삶을 놓고 보면 한 사람 한 사람이 스타에게 그리 크게 영향 받지 않는다는 말이다(사생팬처럼 예외적인 경우도 있지만). 그러나 스타에게, 스타의 자리에 오른 한 명의 '사람'에게, 대중은 절대적이다. 스타가 갖는 영향력과 힘이 전적으로 '대중'에게서 나왔기 때문이다. 평범한 누군가를 순식간에 스타 지위에 올려놓은 대중은 특정한 계기를 만나면 눈 깜짝할 사이에 스타를 그 자리에서 끌어내리기도 하기에, 스타는 언제나 대중의 심기를 살피게 된다. 최고의 인기를 누리며 넘치도록 사랑받는 기간에도 마음 한구석으론 늘 생각한다. 대중님, 저를…… 언제까지 사랑해주실 건가요?

문제는 '대중'의 정체이다. 대중이란 누구를 말하는가? 스타를 사랑하고 전폭적으로 지지하는 팬클럽? 팬클럽은 아니지만 상당한 호감을 표해주는 일군의 사람들? 아니면 악성 댓글을 다는 안티 팬들까지 포함해야 하는가? 스타가 시선을 의식하고 맞춰주어야 하는 이들의 범위는 모호하고, 이는 스타의 마음을 불안정하게 만드는 핵심 기제로 작동한다. 사람들이 보통 '나'라고 생각하는 자아는 자신과 주위 사람들의 자아 사이를 넘나들며 생성과 변형을 반복하는 유동성 생물이다. 우리 내면의 '나'라고 상상되는 정신적인 덩어리에 현미경을 들이대면 '나', 그리고 나와 가까운 몇몇 사람들의 조각이 섞여서 소용돌이치고 있는 모습을 보게 될 것이다.

이와 달리 스타의 내면을 확대해보면, 엄청나게 많은 사람의 조각이 섞여들어 대단위로 허우적거리는 모습을 보게 될 것이다. 그중 일부는 원주인의 얼굴과 이름이 드러나 있지만, 일부는 희미하게 실루엣만 보이고, 나머지 대다수는 형체를 알아보기 힘든 거대한 덩어리로 존재한다.

이처럼 셀 수 없이 많은 사람의 조각이 스타의 내면에 자리 잡고 일거수일투족을 조종하는데, 이들의 성격은 종종 스타의 원자아에 잠복되어 있던 기억과 상처에 의해 임의적으로 형성되고 변형된다. 즉 스타 자신은 대중이 좋아하지 않을 것이라 가정하고 의식하며 조심했던 일들이, 실은 스타 자신의 내면적 문제에서 비롯된 것일 경우가 발생하는 것이다. 그러나 무엇이 대중이 원래 보냈던 마음이고, 무엇이 스타가 제 내면의 오래된 경향성을 발동시켜 형체와 빛깔을 만들어내는 것인지는 알 도리가 없다. 애초에 '대중'이란 존재 자체가 모호하고 실체가 없기에. 스타에게 대중은, 분명히 존재하지만 막상 만지려 하면 공중에 손을 뻗어 혼자 허우적거리는 듯한 포즈를 취하게 되는, 안개 같은 존재이다.

스타들의 이러한 내면 상태를 들여다보면, 한 번의 광고 촬영으로 평범한 이들이라면 평생 만져보지도 못하는 거액을 손에 움켜쥐는 스타들이, 몇백 평짜리 집에 살면서 번쩍이는 외제차를 끌고 다니는 스타들이, 마약이나 도박, 비윤리적인 기행, 심한 경우엔 극단적인 선택을 하는 이유를 어렴풋하게나마 짐작해볼 수 있다. 스타는 사람들이 모두 평등하다고 간주되는 현대사회에서 대중이 직접 선택해 높은 자리로 밀어 올려준 임시 권력자이기에, 삶을 제 마음대로 영위할 수 없다. 제 육신과 영혼을 자신에게 영예를 가져다준 수많은 사람과 공유해야 하니 그 삶이 얼마나 혼란스럽겠는가.

이러한 혼란이 극에 달하는 것은 스타가 사랑에 빠질 때이다. 시간이 흐르면서 스타는 하루아침에 받아안게 된 부와 명예가 자유의지의 제한을 대가로 한다는 사실을 받아들이고 차츰 익숙해지지만, 누군가를 사랑하게 되는 순간, 모든 문제를 원점으로 되돌린다. 스타의 사랑이 문제인 것은, 스타에 대한 대중의 사랑이 많은 경우 '대리 연애' 감정을 기반으로 하고 있기 때문이리라. 스타도, 팬들도 이를 잘 알고 있어서, 스타의 연애는 일종의 '배신'으로 간주되고, 은연중에 금기의 영역으로 남는다.

그리하여 스타는 고뇌에 빠진다. 지금까지 부과된 규제와 금기는 다 받아들일 수 있었다. 폭풍 같은 사랑을 쏟아부어준 대중의 명이기에, 웬만하면 참고, 하지 않고, 실제로는 했더라도 '안 한 척'하며 살 수 있었다. 심지어는 나 자신을 돌보는 가장 기본적인 행위인 '포만감을 느낄 만큼 충분히 먹기'조차 하지 않고 샐러드와 닭가슴살만 먹으며 연명할 수 있었다. 그런데 지금 난데없이 찾아온 이 감정, '사랑'이라 불릴 이 육중한 감정은 도무지 억제할 수가 없다. 나도 인간이 아닌가? 일생에 한 번 올까 말까

하는 놀라운 감정이 찾아왔는데 이걸 그냥 덮으라고?
그냥 보내라고? 말도 안 된다!

　　스타는 당장이라도 사랑에 빠졌음을 온 천하에
공표하고 싶지만, 막상 그렇게 하려니 낭떠러지가 눈앞에
보이는 것 같다. 말 한마디로 세상을 바꾸어놓았던 힘,
웬만한 정치인을 능가했던 놀라운 힘을 순식간에 잃을
것 같다. 눈길 한 번, 손짓 한 번에 환호와 눈물과 감동을
자아냈던 '나'가 산산조각 날 것 같다. 이미 그런 '나'에
익숙해졌는데, 대중의 사랑 없이는 하루도 살 수 없게
되어버렸는데, 그 사랑을 잃고 어떻게 살아간단 말인가?

　　이 장면에 등장하는 것은 사랑에 모든 것을 걸고
싶다는 스타의 인간으로서의 감정과 대중의 폭풍 같은
사랑, 그 사랑에 필연적으로 따라붙는 금기의 명령만이
아니다. 이 모든 요인을 감싸 안는 '시대 분위기' 또한 비중
있는 배역을 맡아 존재를 드러낸다. 한 시대의 분위기는
분분하게 스타와 팬들과 엔터테인먼트 업계를 넘나들며
스타가 사적으로 맺는 인간관계의 한계선을 조이기도
하고 늘리기도 한다.

　　같은 시대를 살아가는 스타들이 '사랑'이라는 이슈에

대해 각각 다르게 대응하는 것은 동일한 종류의 사건에 이처럼 많은 요인이 관여하기 때문이다. 그렇기에 사랑에 대한 스타들의 대응 전략을 들여다보는 것은 한 시대와 개인, 대중 간의 화학작용을 살피는 일이며, 그 작업을 통해 우리는 '사람'이라는 존재에 내재한 다채로운 빛깔, 그 모든 요소에 개입하고 또한 그 요소들의 영향을 받아 형성되는 시대의 분위기를 감각해볼 수 있게 된다.

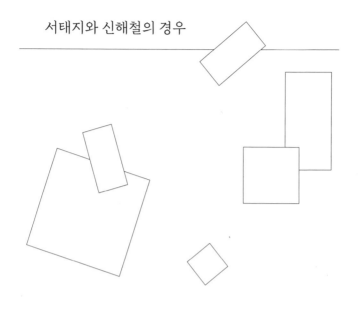

서태지는 '문화대통령'이라 불리며 우리 사회 수많은
현상의 기원으로 호명되는 스타이다. 1992년에 데뷔한
그는 10대 젊은이들 사이에 신드롬이라는 말이 무색하지
않을 정도의 열풍을 일으키며 활동하다가, 데뷔 4년 만인
1996년에 돌연 은퇴를 선언했고, 2000년에 다시 돌아와
솔로로 활동을 이어갔다.

　　은퇴 이전만큼은 아니지만 여전히 영향력을 발휘하며

활동을 이어가던 그에게 2011년, 대형 스캔들이 터졌다. 그가 은퇴한 다음 해인 1997년에 결혼했다가 2006년에 이혼했다는 사실이 밝혀진 것이다. 사람들은 충격에 휩싸였다. 그동안 결혼했다는 소문이 돌 때마다 서태지 본인이 이를 부인했기 때문이다.

서태지가 결혼한 뒤 이혼했다는 사실은 배우자였던 상대가 그에게 위자료와 재산분할 청구 소송을 걸면서 비로소 세상에 알려졌다. 그녀는 한 TV 프로그램에 출연해 그와 결혼해 있던 기간 동안 제 존재를 드러낼 수 없어서 유령처럼 살았다고 고백했다. 그 후 서태지는 질타를 받았고, 한때 부부의 연을 맺었던 두 남녀는 당시 결혼생활의 실상을 놓고 상반된 주장을 하며 공방전을 벌였다.

같은 시대에 활동했던 스타 중 그와 조금 다른 행보를 보인 인물이 있다. 서태지보다 4년 앞서 데뷔해 이미 스타덤에 올라 있던 대학가요제 출신의 가수, 신해철이다. 신해철은 2002년, 라디오 프로그램을 진행하던 도중 결혼 사실을 밝힌다. 그리고 그 뒤로 종종 공개적으로 아내 이야기를 한다. 원래 독신으로 살고 싶었던 자신이 결혼한 것은 암 투병을 하는 아내의 곁에 있어주고 싶은 마음 때문이었다면서, 틈날 때마다 아내에 대한 애정을 드러낸다. 한 프로그램에서는 "다시 태어나도 당신의 남자친구, 애인, 남편이 되고 싶다"는 유언을 공개적으로 남기기까지 한다.

같은 시대에, 같은 분야의 음악을 추구했던 두 사람이 인생의 중대사에 왜 이처럼 상반된 태도를 보였을까. 우선 추정해볼 수 있는 것은 두 사람이 결혼했던 나이대의 차이이다. 1997년 결혼 당시 서태지는 26세였고 2002년 결혼 당시 신해철은 35세였다. 서태지는 젊음의 피크인 20대 중반에, 신해철은 서른을 넘기고 불혹을 바라보는 나이에 배우자와 가약을 맺은 것이다. 경험과 식견의 측면에서 20대 청년보다 30대 청년이 더 무르익어 있었을 테고, 각각의 나이대에 따라 팬들에게 영향을 미치는 지점도 달랐을 것이다. 또한 서태지가 결혼했던 1997년보다 신해철이 결혼한 2002년이 스타들의 결혼에 조금 더 개방적인 분위기였다는 사실도 고려해야 한다.

그러나 그보다 더 결정적인 요인은 두 사람의 기질적 차이에서 찾아야 할 것이다. 두 사람은 '저항하는 젊음'이라는 키워드로 묶일 수 있다는 점에서 비슷해 보이지만 내면의 결은 굉장히 달랐다. 서태지는 중학교 시절 체벌하는 교사에게 적대감을 드러내며 교실을 나가버렸고, 고등학교 때는 폭력적인 학교 시스템과 음악을 하는 것에 대한 편견에 반발해 아예 학교를 그만두었다.

서태지는 기성세대의 불합리한 관행과 권위주의적인 행태에 정면으로 반기를 들며 성장기를 건넜다. 데뷔 후 그가 보인 행보도 성장기 때 제도권 교육을 향해 했던 대응과 유사한 패턴을 보인다. 그가 한국 대중문화의 역사에 써넣은 신기록은 수도 없지만 그중 으뜸으로 꼽히는 것은 1집을 낸 뒤 스스로 기획사를 차림으로써 거대한 자본의 벽과 음반 업계의 관행을 깨버렸다는 점이다. 그때까지 히트곡을 내고 천문학적 수익을 창출해도 소속사로부터 한 푼의 이익도 나누어 받지 못했던 가수들은 서태지의 파격적인 행보를 기점으로 제 권리를 찾아가기 시작했다.

신해철의 성장 과정은 이와 다르다. 그는 없는 살림에도 아들이 갖고 싶어하는 최신식 장난감 자동차를

구해주기 위해 한밤에 인천의 자동차 공장까지 달려가는 아버지와 개방적이고 지적이며 사람에게 정성을 다하라고 가르쳤던 어머니 사이에서 듬뿍 사랑받으며 자랐다. 동네의 소문난 악동으로 짓궂은 장난을 치고 의협심이 강했지만, 제도권 교육에 착실히 응했고, '공부 잘하는 아이'라는 정체성을 내내 유지하다가 '상위권'으로 평가되는 대학에 들어갔다. 훗날 그는 다니던 대학을 자퇴하고 우리 사회의 교육을 포함한 기성세대의 불합리한 악습을 앞장서서 비판하는 '개념 연예인'이 되는데, 그런 그의 모습 또한 생애 초반에 그가 사회가 구축해놓은 체제와 가난하지만 따뜻했던 가족의 울타리 안에서 자연스럽게 습득했던 자양분에서 유래했다고 보아야 할 것이다.

강자에게 강하고 약자에게 관대하되, 기성세대가 이루어놓은 체제를 통짜로 비하하거나 단번에 무너뜨리려 하지 않았던 신해철의 기질은 데뷔 후에도 같은 유형으로 나타났다. '무한궤도'의 음반 제작을 위해 만난 기획사 대표들이 무한궤도라는 밴드가 아닌 신해철이라는 솔로만을 원하는 데 분개하고 일일이 거절하면서도,

끈질기게 '밴드'를 받아줄 제작사를 찾아다녀 결국 계약할 회사를 찾아내기에 이른다.

　서태지는 문제에 부딪혔을 때 좌고우면하지 않고 뚝 부러져버리는 스타일이고, 신해철은 상황을 파악한 뒤 현실에서 얻을 수 있는 최선의 결과를 모색하는 스타일이었다. 전자는 모 아니면 도, 전부가 아니면 아무것도 아니라고 외치며 비장하게 자신을 던졌고, 후자는 현실을 있는 그대로 인정하고 차선의 결과를 도출하기 위해 한계상황과 타협했다. 신해철은 한 인터뷰에서 서태지를 "거침없는 낙오자"로, 자신을 "고뇌하는 비겁자"로 표현했는데, 이는 두 사람의 유사점과 차이점을 정확하게 꿰뚫은 통찰이었다.

　이들의 활동 경력을 길게 짚어보는 것은 경력에서 드러나는 두 사람의 기질이 사랑에 대응하는 그들의 태도에도 그대로 반영됐기 때문이다. 사귀던 사람과 결혼하던 당시, 서태지는 은퇴를 선언한 지 얼마 되지 않은 상황이었다. 공식적으로 은퇴를 천명했지만 음악에 대한 미련이 뚝뚝 떨어지는 상태였을 테고, 다시 활동할 훗날을 위해 인지도와 영향력을 유지해야겠다고 생각했을

것이다. 스타덤에 올라본 모든 스타가 그러하듯 잊히는
것에 대한 두려움에 시달렸을 것이다. 그 상황에서
그는 단정했을지도 모른다. 결혼 발표는 곧 자폭을
의미하는 것이라고. 한 국가의 문화를 통째로 들었다
놓았던 기억을 생생하게 갖고 있는 20대 중반 청년의 뚝
부러지는 사고체계에서, 결혼 사실 공개와 스타로서의
영향력 유지를 동시에 할 수 있다는 생각은 처음부터
불가능했을지도 모른다.

　　30대 중반의 청년, 톱스타였지만 사회적·문화적
파급력에서 서태지와 다른 종류의 영토를 점유했던
신해철의 경우는 달랐다. 서태지보다 4년 먼저 데뷔했고
'은퇴'한 적이 없었던 그는 14년의 가수생활을 통해
다양한 음악을 시도하고, 오랜 기간 팬들과 관계를 맺으며
인간적인 신뢰를 쌓고, 그 과정에서 팬과 스타가 인간
대 인간으로서 진솔하게 관계 맺을 수 있는 가능성을
발견했을 것이다. 결혼 사실을 팬들에게 알리고 축하받는
일의 필요성과 당위에 대한 자신감과 철학 또한 정립돼
있었으리라.

완충지대

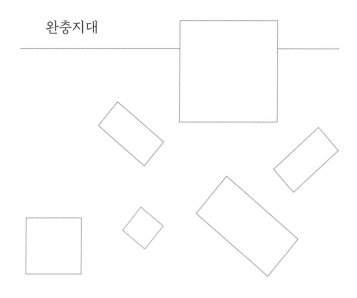

인생의 중대사에 대한 대처에서 극과 극의 평가를 받게

되는 두 사람의 내면 풍경은 여러 면에서 상반된다.

서태지의 내면에는 없고 신해철의 내면에는 있었던 것.

그것은 '완충지대'였다. 서태지는 말로 설득하기보다

행동으로 보여주는 인물이었다. 의식을 갖고 언어를

다듬어 공개적으로 의견을 밝히기보다 틀어박혀서 곡을

만들어 발표하고, 콘서트를 하는 것으로 의사를 표명했다.

그와 일했던 사람들은 하나같이 그가 완벽주의자에 워커홀릭이었다고 말한다. 그는 작곡, 작사, 편곡, 프로듀싱, 공연기획 전 과정을 직접 주재하면서 꼼꼼하게 챙기고 마음에 드는 상태가 될 때까지 수없이 연습하고 점검 절차를 반복했다. 잘못된 사회상에 대적할 때도 마찬가지였다. 뒤틀린 기성세대의 모습에 염증을 느끼고 단번에 관계를 끊어버린 뒤(자퇴한 뒤) 다시는 돌아보지 않았다. 결혼에 대한 대응도 이와 같은 선상에서 보면 이해하기 쉽다. 그는 대중의 우상으로 군림한 자신의 모습을 완벽하게 보존하고 싶었던 것이리라. 팬들의 사랑도 고스란히 지켜내면서.

과감하게 뚝 부러지는 유형이었던 서태지는 기성세대가 구축한 제도와 관습을 전격적으로 거부했고, 바로 그것이 그가 10대에게 폭발적인 공감과 지지를 얻게 된 이유였다. 그러나 그런 기질의 뒷면에는, 모든 것을 한 단면으로만 대한 사람이 얻게 되는 쓸쓸함이 따라온다. 세상에 일어나는 어떤 일도 간단한 한 가지 요인으로만 설명될 수 없는 법이라, 흑과 백을 소리 높여 외쳤던 이는 어느 순간 제 인생에서 선연하게 드러나기 시작한 회색지대를 보며 회한을 곱씹게 된다. 현실과 이상 사이의 완충지대를 가져본 적이 없는 이가 갖게 되는 숙명적인 비애다.

신해철은 정교하게 다듬어진 말이 갖는 힘을 알고 이를 활용해 사회를 변화시키려 애썼던 인물이었다. 사회 현상을 통찰하고 날카롭게 비판해 독설가라 불리기도 했지만, 그는 사회의 어두운 면의 뒤쪽에 햇살이 드는 구역이 존재한다는 사실을 알고 있었다. 그는 현실과 이상 중 한쪽을 택해 나머지를 완전히 포기하기보다, 양쪽을 끌어안고 가면서 책임을 다하려 애썼다. 모든 사람은 선과 악을 동시에 품고 있고, 사회는 사람들의 선함이 승리할 수 있도록 구조적으로 발전해나가야 하며, 상황을 단번에 뒤집을 수 없다 해도 여럿이 힘을 합치면 적어도 약자에 대해서 일정 정도 배려하며 살아갈 수 있다고 생각했다. 현실과 이상 사이에 완충지대를 만들어 양쪽의 좋은 점을 가져와 서로 영향을 끼치게 만들려고 분투했다. 확실하고 선명한 색깔을 내기보다 현실 세계에서 언행을 일치시키는 데 중점을 둔 것이다. 그렇기에 팬들과 환상에 기반하지 않은 진솔한 관계를 맺었고, 그를 통해 사적인 삶과 음악 활동을 탄탄히 지켜나갔다.

또래 친구들과 마찬가지로 10대와 20대 내내
서태지의 팬이었던 나도 그의 결혼과 이혼 소식을 접하고
충격을 받았다. 좋아하던 스타가 결혼하고 이혼했다는
사실보다는 그 사실을 '감추었다'는 점에 대한 실망과
분노였다. 그러나 여기서는 그러한 질타와 별개로,
서태지가 그런 결정을 내리고 실행에 옮겼던 사정을
헤아려보고 싶다.

추측건대, 서태지가 제 반려에게 무리한 요구를 한
것이 사실이라면, 그런 요구를 하면서 스스로도 마음이
편치 않았을 것이다. 자신과의 결혼생활을 위해 진로를
모두 포기한 스무 살 여성에게 결혼 사실을 드러내지
말라고 요구하는 것은 잔인한 일이다. 매 순간 존재를
부정하고, 부정당하라는 말이 아닌가. 존재의 심장부와
관련된 이러한 사안은, 요청하는 이와 요청받는 이 모두
본능적으로 그 무게에 짓눌리게 된다. 두 사람 사이에 어떤
합의나 갈등이 오갔는지 알 수 없지만, 그 관계는 은폐를
전제로 했던 시작점부터 어려움과 고통이 내정되어
있었을 것이다. 그리고 그런 거짓과 고통의 질곡을

걸어가는 데에는 10대 시절 제도권 교육을 박차고 나온 청년이 걸었던 비범한 인생 경로가 크게 영향을 끼쳤을 것이다.

제도권 교육의 낙오자에서 갑자기 시대를 대표하는 '저항자'의 지위에 오른 20세의 청년, 학교를 뛰쳐나온 뒤 몇 년 동안 언더그라운드에서 음악을 하다가 곧바로 스타의 자리에 올랐던 청년, 대학이나 회사 같은 조직에 몸담으며 다양한 타인을 만나고 사회 대부분 영역이 흑이나 백이 아닌 회색으로 이루어져 있음을 체감할 기회가 없었던 청년이 인생에 찾아온 절체절명의 금기와 맞닥뜨려, 한정된 인생 경험을 동원해 나름대로 최선을 다하는 과정에서 빚어진 비극이었을 것이다.

개인의 삶을 놓고 보면 두 스타 중 어느 쪽이 더 행복했을까. 신해철은 사적인 삶과 스타로서의 삶을 절충해 두 영역 모두에서 발을 떼지 않으려고 분투했고, 그렇기에 '스타의 사랑'이라는 금기 앞에 섰을 때 용감하게 제 삶을 챙길 수 있었다. 서태지는 두 영역의 공존 가능성 자체를 믿지 못했고, 대중과 자신이 함께 쌓아 올린 스타덤이라는 환상을 유지하기 위해 자신의 사적이고 실재하는 삶을 희생시켰다. 그 과정에서 그의 배우자였던 이가 깊게 상처 받았겠지만, 근본적으로 그 일로 가장 크게 타격을 입은 사람은 그 자신일 것이다.

현대의 새로운 귀족계급이라 불리는 스타들은 그 계급의 문턱에 들어서는 순간부터 강력한 '금기'를 부여받게 된다. 그 금기 앞에 각각 달리 반응했던 스타들의 행보를 지켜보며 우리는 명성과 권력이 가져다주는 혜택과 함정에 대해, 햇살의 이면에 따라붙는 그늘에 대해, 개개인에게 내재한 잠재적인 성향을 만천하에 드러내 보이는 사랑의 위력에 대해 통찰하게 된다. 한 사람이 가진 자존감이 드러나는 것은 무엇보다도 그 사람이 서슬 퍼런 '금기' 앞에 섰을 때이다.

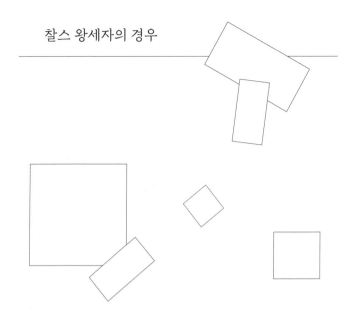

비호감 셀럽. 애인이 있는 상태에서 순진한 시골 여성에게 청혼해 결혼하고, 아내가 폭식증에 걸려 나날이 병증이 깊어가는데도 못 본 척하던 이기적인 남자. 국민 다수가 차기 왕위를 아들인 윌리엄 왕세손에게 넘겼으면 좋겠다고 소망할 정도로 인기를 잃은 왕세자. 온통 이런 이미지들이 찰스 윈저를 둘러싸고 있다.

　찰스 윈저는 억압적인 궁정 문화를 싫어하는

사람이었다. 왕가의 방침이 아닌 자신의 선택으로 뭔가를
할 때 기쁨을 느꼈고, 강제로 왕가의 방침을 따라야 할
때 극도로 의기소침했다. 기본적으로 이것은 현대사회의
왕족들이 모두 갖고 있는 성향이리라. 인생의 가장
중요한 문제에서 제 의지를 발휘할 수 없다는 것. 찰스의
큰할아버지였던 에드워드 8세는 이를 못 견디고 왕위를
버렸고, 찰스의 어머니인 엘리자베스 2세도 갑작스럽게
왕위 계승자로 지명되었을 때 압박감으로 괴로워했다.
찰스의 동생인 앤 공주, 앤드루 왕자, 에드워드 왕자는
왕위를 이을 가능성이 거의 없는데도 왕가의 규율에 묶여
꼼짝도 할 수 없는 현실을 찰스와는 또 다른 관점에서
억울해했다.

　　그러나 찰스는 왕족 중에서도 유독 규율에 대한
반감이 심했다. 주로 왕위 계승 1순위자가 느끼는 절대적
압박감 때문이겠지만, 시대적 배경이라는 요인도 있을
것이다. 찰스의 큰할아버지인 에드워드 8세가 즉위하던
1936년에만 해도 왕실에 대한 개념이 찰스가 성장하던
시기보다 훨씬 보수적이고 안정적이었다. 지구상 곳곳에
식민지를 가진 '해가 지지 않는' 대영제국을 하나로

아우르는 상징으로서의 '왕'에 대한 필요성이 있었기에, 왕실에 대한 국민의 신념과 애정이 공고했다. 에드워드 8세가 왕위에 따르는 수많은 특권을 버리고 자신이 선택한 여성의 품에 안기는 담대함을 발휘할 수 있었던 것은 역설적으로 그런 국민의 애정과 신망을 받았기 때문이었을 수 있다. 몇 가지 규율만 지킨다면 왕위 자체는 탄탄하게 유지할 수 있을 것으로 여겨졌기에, 왕좌를 지키겠다는 욕망이 그리 큰 자리를 차지하지 않았을 것이다.

1948년에 태어나 2차 세계대전 이후의 영국 왕가에서 성장기를 보낸 찰스 윈저에게는 이와 완전히 다른 배경이 마련되어 있었다. 2차 세계대전 이후 영국은 거대한 식민지를 거느린 제국의 지위에서 서서히 내려가기 시작했고, 미국의 지위는 급격히 상승했다. 부모와 자식 혹은 형과 동생처럼 보였던 영국과 미국은 힘의 균형추가 점점 신생국 미국으로 기우는 것을 보며 각각 복잡한 감정에 휩싸였다.

군림하되 통치하지 않는다는 입헌군주제를 이어가던 영국 국민에게, 태생부터 신분제가 아예 존재하지 않았던 아메리카 대륙의 자유와 평등의 바람이 여과 없이 불어닥쳤다. 그 여파로 영국 국민들 사이에 군주제에 대한 의문과 불신이 커져갔고, 윈저 가는 그런 국민의 마음이 흘러가는 방향에 촉각을 기울이며 왕가의 존립을 위해 안간힘을 썼다. 찰스가 사랑하는 여인 카밀라와 결혼을 반대하는 부모의 뜻을 정면으로 꺾지 못하고 앞날이 창창한 10대 여성 다이애나와의 결혼을 받아들였던 배후에는 이런 배경이 있었다. 에드워드 8세와 달리 찰스에게는 왕위가, 아니 왕가의 존립 자체가 보장되어 있지 않았던 것이다.

성장 과정 내내, 찰스는 그동안 자신이 공기처럼 누려왔던 물질적 풍요와 가장 높은 등급의 의전, 만나는 이들에게 자동으로 받게 되는 예우와 존경심 같은 것들이 실은 매우 빈약한 기반 위에 세워진 것임을 체감해야 했다. 이는 세 살의 나이에 이미 망해버린 왕조의 황위에 올라 성장기 내내 꼭두각시 노릇을 해야 했던 청의 마지막 황제 푸이가 겪었던 것과 비슷한 맥락의 시련이었다.

찰스와 큰할아버지인 에드워드 8세 사이의 핵심적인 차이는 이것이었다. 흔들리는 왕좌에 앉도록 예정되어 있었다는 것. 사람은 뭔가 확실히 손에 쥐고 있다고 체감해야만, 그래서 손에 쥔 것이 별것 아니라는 느낌을 가져야만 버릴 수 있는 법이라, 찰스에게 왕좌는 쉽사리 버릴 수 있는 게 아니었다. 퇴위 이후에 점점 초라해져가는 큰할아버지의 모습을 지켜본 것도 찰스가 왕좌를 버릴 생각을 하지 못하게 만든 또 하나의 요소였을 것이다.

결혼이라는 인생의 중요한 문제에서 제 의지를 관철시키지 못하고 가족들의 뜻에 따랐던 찰스 왕세자. 그에게 다이애나라는 젊은 여성은 그저 가족들이 억지로 결혼시킨, 그렇기에 볼 때마다 화가 나는 대상일 뿐이었다. 그는 틈날 때마다 애인인 카밀라를 만났고, 어느 시점부터는 카밀라와의 연애 행각을 숨기려는 노력조차 하지 않았다. 다이애나가 카밀라와의 불륜 증거를 들이밀며 분노를 터뜨렸을 때, 찰스는 코웃음을 치며 말했다. "그런 건 내가 아니라 이 결혼을 억지로 강요한 사람들(왕실 사람들)에게 가서 따지라."

찰스의 머릿속은 온통 자기 자신으로 차 있었다. 원하지 않은 일을 강요당한, 그래서 불행하기 그지없는 자신에 대한 생각으로.

그러나 다이애나는 찰스와 다른 사람이었다. 다이애나는 타고난 왕족이 아니었고, 시골에서 자유롭게 컸으며, 찰스와 달리 다정다감하고 감수성이 뛰어났다. 그런 인물이 하루아침에 왕족의 일원이 되어 왕가의 인간상으로 변신하길 강요받았다. 그녀에게는 본인의 의사와 상관없이 모든 일이 미리 결정되어 하달되고, 가족들끼리 포옹하지 않으며, 다정하게 서로의 감정을 살피는 것을 기괴한 일로 생각하는 왕실 문화가 잔혹하게 느껴졌다. 신혼 초반부터 배우자에게 '너를 조금도 사랑하지 않는다'는 말을 들었고, 누구에게도 온기를 느낄 수 없는 궁전생활을 홀로 버텨나가야 했다.

결혼 초반에, 특히 두 사람이 호주를 방문했던 기간에, 찰스와 다이애나 사이에 우호적인 감정이 일기도 했다. 몇 번의 다툼 끝에 두 사람은 다시 한번 시작해보자는 합의에 이르렀고, 갓 태어난 윌리엄을 사이에 두고 남반구의 이국땅에서 행복을 맛보기도 했다. 그런데 바로 그때, 운명의 여신이 장난을 시작했다. 찰스가 모처럼 마음먹고 가정을 잘 꾸려가보겠다고 결심하던 순간에, 장신에 화려한 외모의 다이애나를 세계적인 스타 반열에 올려놓는 프로젝트를 시작했던 것이다. 호주 순방은 그런 프로젝트의 출발점이었다.

호주 국민들은 새롭게 등장한 영국제국의 왕세자비, 수줍게 웃는 젊고 아름다운 여성에게 열렬한 호감을 보냈고, 찰스는 순방 기간 동안 치솟는 다이애나의 인기를 바로 곁에서 실감해야 했다. 왕세자 부부가 순방하는 동안, 호주를 뜨겁게 달구던 독립 열기가 가라앉았다. 언론은 호주가 영국 여왕을 수장으로 삼는 관행을 중단하고 완전한 독립국으로 가야 한다는 여론이 주춤해진 원인을 다이애나에게서 찾는 분석 기사를 내보냈다. 다이애나가 누린 인기는 그 정도로 폭발적이었다.

당시 찰스의 마음은 어땠을까. 여왕인 어머니를 제외하면 언제나 일인자였던 자신이, 어딜 가나 최고 등급의 예우와 관심을 받았던 자신이, 그동안 별 볼 일 없다 생각해온 어리고 순진한 여자 때문에 순식간에 조연으로 전락해버렸다. 이때 이후로 다이애나의 인기는 가파른 상승세를 탔다. 특히 사람 위에 사람 없고 사람 밑에 사람 없는 평등의 나라 미국에서의 인기는 하늘을 찔렀다.

찰스와 다이애나가 부부로 지낸 기간 동안, 영국제국의 위상이 완연하게 기울고 전 지구적인 패권이 소련과 미국으로 넘어갔다. 교통과 통신의 발달로 경제교류가 국경을 넘어 광범위하게 진행되었으며, 대중문화의 범람으로 전 세계적인 인기를 누리는 대형 '셀럽'이 출현하기 시작했다. 다이애나에게는 엔터테이너 정체성만 갖는 가수나 배우와 달리 '왕세자비'라는, 지구상에서 최고로 유서 깊다(고 여겨지)는 가문의 오라가 서려 있었다. 그러면서도 처음부터 왕족으로 태어난 것은 아니라서, 평범한 사람의 소박함과 다정함이라는 특성도 갖고 있었다. 텔레비전만 틀면 세계 곳곳의 소식을 들을 수 있는 지구촌 시대에 진입하는 길목에서, 대중의 사랑을 받을 만한 요인을 모두 갖추고 있었던 것이다.

그렇게 해서 다이애나는 찰스에게 제2의 억압이 되었다. 그때까지 찰스를 억누르는 주요 억압이 자기 앞에 굳건하게 버티고 선 어머니와 어머니로 상징되는 왕가의 규율이었다면, 이제는 만만해 보였던 정략결혼의 상대 다이애나가 그에 못지않은 무게의 억압이 되었다. 다이애나는 점점 커져가는 영국 국민과 전 세계인들의 사랑을 등에 업었고, 그럴수록 찰스는 카밀라에게 집착했다. 자기 의지로 택했던 유일한 대상이지만 절대로 교제하길 허락받지 못했던 여성, 금기의 영토에 머물며 한 발자국도 나올 수 없었던 여성 카밀라 파커 보울스에게.

자유·평등·박애를 외치며 구체제를 무너뜨린 프랑스혁명 이래, 왕으로 상징되는 신분제는 내리막길을 탔다. 일부 국가에 입헌군주제의 형태로 왕가가 남아 있긴 하지만, 왕가는 신이 죽고 신분제도가 사라진 평등의 시대에 애물단지가 되어가고 있다. 현대사회에 남은 왕가들 중 가장 대표적이라 할 수 있는 영국 왕실이 지금까지 존재하는 이유는, 영국이 공식적으로 내세우듯 전 국민을 하나로 통합해주는 구심점 역할에서도 찾을 수 있겠지만, 그보다는 왕실이라는 전통의 입김이 서린 '동화 비즈니스'의 수익에서 찾는 편이 더 합리적일 것이다. 요컨대 왕실 유지에 들어가는 비용보다 왕실로 인해 벌어들이는 관광 비즈니스의 수익이 압도적으로 크다는 것.

찰스 왕세자와 다이애나비는 그런 시대 상황이 빚은 복잡한 산물이었다. 찰스는 날 때부터 쥐고 있던 특권이 실은 자기 것이 아닐지도 모른다는 의심 속에 평생을 고뇌하며 매순간 추락하는 느낌으로 살았고, 다이애나는 어느 날 갑자기 바뀌어버린 상황과 사랑 없는 배우자와의 관계 때문에 나락으로 떨어졌다가 대중의 사랑으로 조금씩 자아를 성장시키며 상승하는 느낌으로 살았을 것이다.

찰스의 어머니인 엘리자베스 2세는 갑자기 다가온 운명과 금기에 초반에는 당황하고 도피하고 싶어했지만, 차츰 왕위를 소명으로 여기고 적극적으로 끌어안았다. 외적 요인을 제 것으로 완벽하게 체화한 결과 최장수 여왕으로 재위하며 변화무쌍한 현대 영국에서 한결같은 모습으로 자리를 지키는 정신적 지주가 되었다. 반면에 찰스의 큰할아버지인 에드워드 8세는 운명과 금기에 정면으로 반기를 들고 사랑하는 여인인 심슨 부인과 결혼하기 위해 왕실 테두리 바깥으로 나가버렸다.

상반된 길을 걸었던 두 사람과 달리, 찰스는 금기 앞에서 이도 저도 아닌 태도로 일관했다. 사랑받거나 존중받아본 경험이 없었던 찰스는 자신이 누리는 특권보다는 빼앗긴 자유와 선택권이라는 프레임으로 세상을 보았고, 금기 바깥으로 뛰어나갈 용기를 내지 못한 채 한쪽 발만 금기의 영역에 걸쳐놓은 상태로 어정쩡하게 삶을 꾸려나갔다. 그러니 찰스처럼 풍요로운 생활을 누리지도, 제1 국민으로서의 명예와 존경을 받지도 못하는 나 같은 먼 나라의 일개 서민이 이렇게 묻지 않을 수 없는 것이다. 세상에 이보다 가엾은 사람이 또 있을까.

에마뉘엘 마크롱의 경우

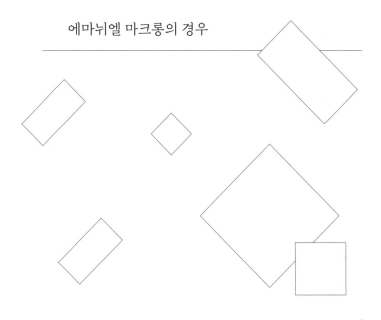

나란히 선 네 사람의 사진을 본다. 세계를 한 손에 넣고 쥐락펴락한다는 최강대국 대통령과, 유럽의 전통 강자 자리를 지켜온 국가의 정상이 부부 동반으로 포즈를 취하고 있다. 부동산 재벌 출신의 1946년생 미국 대통령 도널드 트럼프는 24세 연하인 모델 출신 부인과 나란히 섰고, 엘리트 관료 출신인 1977년생 프랑스 대통령 에마뉘엘 마크롱은 24세 연상인 교사 출신 부인의 어깨를 다정하게 감싸고 있다. 어쩌면 마크롱 부부는 행사에 참여한 것보다 트럼프 부부와 이 사진을 찍은 것으로 인류사에 더 큰 족적을 남겼을지도 모른다.

에마뉘엘 마크롱은 좌파도 우파도 아닌 프랑스의 이익을 위해 뛰겠다고 선언하고 신당을 창당한 뒤 프랑스 전역에 돌풍을 일으키며 대통령에 당선되었다. 다니던 고등학교의 연극반 교사였던 브리지트 트로뉴에게 반해 그 마음을 계속 지켜가다가, 2007년에 그녀와 결혼했다. 두 사람이 처음 만난 때로부터 14년이 지난 뒤, 1남 2녀의 엄마였던 브리지트가 남편과 이혼한 다음 1년을 기다렸다가 결혼했다.

그 이후로 에마뉘엘 마크롱과 브리지트 트로뉴의 연애와 결혼은 프랑스인들의 지속적인 관심을 불러일으켰다. 두 사람을 응원하는 이들도 있었지만, 16세인 남자 제자를 두고 사랑에 빠진 40세의 교사 브리지트를 페도필리아라고 비난하는 여론이 높았다. 두 사람은 이에 대해 '처음 만났을 때는 스승과 제자 관계 이상으로 넘어가지 않았다'고 밝혔지만, 사람들은 성인인 브리지트가 미성년인 제자에게 이성으로서 감정을 품었다는 데에 거부감을 숨기지 못했다. 이에 대해 마크롱은 "내가 24세 연상이었다면 아무도 부적절한 관계라고 비난하지 않았을 것"이라며 억울함을 표했다.

의사 부부의 장남으로 태어난 마크롱은 어려서부터 수재로 이름을 날렸다. 독서량이 풍부하고 생각이 깊었던 마크롱은 어릴 적 친구의 말에 의하면 "사춘기를 전혀 겪지 않고 바로 어른이 된 사람" 같은 느낌을 주었다고 한다. 그는 또래들과 다른 세상에 속한 것처럼 보일 정도로 자기 세계가 확고한 아이였다. 독특했던 어린 시절과 성장기의 언행을 따라가다보면 브리지트 트로뉴라는 여성을 만나 사랑에 빠졌을 때 마크롱이 대처한 방식이 지극히 '그다운' 일이었음을 알 수 있다. 그는 공감 능력이 탁월하고 사교적이었으며, 그러면서도 마음먹은 일은 반드시 해내는 뚝심이 있었다.

마크롱에게 브리지트는 금기 그 자체였다. 스물네 살이라는 나이 차이뿐만 아니라 가정을 이뤄 세 아이를 키우고 있는 엄마라는 사실, 거기에다 사생활에 관대한 프랑스 국민들조차 받아들이려 하지 않는 '사제 간의 사랑'이었기 때문이다. 그러나 마크롱은 브리지트에게

걷잡을 수 없이 빠져들었고, 부모의 권유로 유학을
떠나면서도 언젠가 브리지트와 결혼하겠다고 마음먹었다.

마크롱은 브리지트 트로뉴라는 인물을 외모나
부분적인 특성, 나이 혹은 특정한 배경 때문에 사랑하지
않았다. 그저 브리지트라는 사람이 이루고 있는 됨됨이를
통틀어, 총체적으로 사랑했다. 자신을 통째로 내주어도
좋다고 생각할 만큼. 타의 추종을 불허하는 자존감의
소유자였던 마크롱은 사방에서 날아오는 비난과 견제에도
꿋꿋이 브리지트와의 관계를 밀고 나갔고, 브리지트가
이혼하고 법적으로 다시 결혼할 수 있는 상태가 될 때까지
기다렸다. 마침내 브리지트와 정식으로 부부가 되었을
때는, 브리지트가 전남편과의 사이에 낳아 키운 3남매와
그들의 아이들을 제 자식처럼, 제 손주처럼 아꼈다. 그는
언제 어디서든 브리지트의 가족들을 '내 가족'이라고
불렀고, 주말에 '내 손주'를 보러 가야 한다고 거리낌
없이 말하고 다녔다. 브리지트의 막내딸은 이 특별한
새아버지를 무척 좋아했고, 대통령 선거 당시 적극적으로
지지하며 선거운동을 펼쳤다. 선거운동 기간에 언론과
가진 인터뷰에서 아내에 대한 질문을 받았을 때 마크롱은

이렇게 말했다.

　　브리지트의 의견이 제게는 무척 중요합니다. 그녀는
　　지금까지 살아오면서 저보다 훨씬 더 많은 경험을
　　쌓았거든요.

　　이 인터뷰는 마크롱이라는 사람에게 브리지트가
치부나 핸디캡이 아니라는 사실을 알려준다. 오히려
브리지트는 그를 일으켜 세우고 잠재된 능력을 발휘하게
해주는 멘토이자 장자방이었다. 마크롱은 한 여성에
대한 제 감정에 충실한 결과, 그 여성이 쌓아온 인생의
경륜을 얻고 세상을 더 깊고 넓게 보는 시야를 얻었다.
브리지트라는 스물네 살 연상의 여인이 쌓아온 인생의
경륜을 빌려, 젊은 자신에게 부족한 지혜와 통찰을 채워
넣었던 것이다.

　　현대사회의 '특권층'이 배우자와 관계 맺는 방식을
들여다보는 것은 사회의 무의식과 조우하는 일이다.
사회의 암묵적 규범과 관습은 범위가 넓어서,
어떤 지역에서는 사람들이 여전히 몇십 년 전에 주를

이루었던 방식으로 타인과 관계를 맺지만,
어떤 곳에서는 '전통'이라 불리는 것과 완전히 동떨어진
방식으로 사교를 벌인다. 그러한 스펙트럼에서
대중이 사회의 권력자층에게 무엇을 기대하고 무엇을
금기시하는지를 추적해나가면 현대사회의 스펙트럼의
넓이와 깊이, 허용되는 평균치와 마지노선을 파악하게
된다. 마크롱은 금기에 정면으로 맞서 자신을 실현한
인물로, 한 시대 통념의 윤곽선을 다시 그렸다.

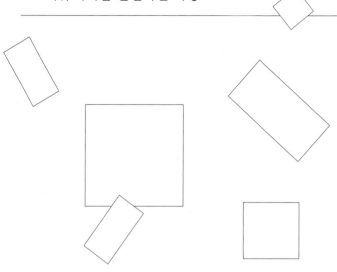

이 네 명의 유명인사들이 저를 둘러싼 금기에 대해
품었던 감정은 평범한 소시민인 내가 횡단보도를 건널 때
들려오는 경고성 기계음에 반발했던 것과 같은 범주에
속한다. 우리네 인간종은 모두, 내가 아닌 누군가가 내게
영향을 끼쳐 제 의지를 관철하려 드는 것을 참지 못한다.
내 몸과 마음은 내 것이라고 생각하기 때문이다.

　　그러나 무리를 지어야 생존할 수 있는 인간종이

결국 산다는 것은
내 의지와 타인의 의지를 저울질하며
타협하고 적절하게 맞닿는 지점을 발견해나가는
여정과 다름없다.

언제나 제 의지대로만 살 수는 없는 법이다. 결국 산다는 것은 내 의지와 타인의 의지를 저울질하며 타협하고 적절하게 맞닿는 지점을 발견해나가는 여정과 다름없다. 내 의지를 뚝심 있게 밀고 나갈 때 좋은 결과가 따르기도 하지만, 때로는 한발 물러나 타인의 의지를 따르는 것이 충만한 열매를 가져다주기도 한다.

우리는 살면서 크고 작은 상처를 받는다. 타인의 말과 행동을 통해 받은 상처는 우리 몸에 독으로 쌓여, 조금씩 흘러나가거나 새로 들어오는 독과 합류해 다른 형태로 바뀐다. 강력한 금기는 한 사람의 내면에 쌓여 있던 독을 일시에 터져나오게 하는 기제가 될 수 있다. 특히 사랑이라는 강력한 에너지와 금기라는 막강한 추동 요인이 만나면 잔뜩 쌓인 휘발성 물질들에 불꽃을 얹는 결과로 이어진다. 한 사람과 그를 둘러싼 주변 사람들이 그 사람의 의식·무의식에 쌓여 있던 독을 볼 수 있게 되는 것은 그 순간이다. 자신이 평소 무엇에 억눌려왔는지, 진정으로 바라던 것이 무엇인지를 알게 되는 극적인 순간, 사람은 금기에 압도당하거나, 금기에 저항하는 데 몰두한 나머지 정작 중요시해야 할 문제를 경시하거나, 금기와 아슬아슬하게 줄타기를 하며 모험을 벌인다. 금기에 대응하는 방식을 통해 제 내면의 본질과 생명체로서의 존재 실력을 보여주는 것이다.

서태지와 신해철, 찰스 왕세자, 마크롱 대통령. 네 명의 남성은 모두 대중의 사랑이나 가문의 후광 같은 혜택을 누린 특권층 혹은 엘리트층이었다. 그러나 이들은 자신에게 배정된 특수하고 개별적인 금기에 완전히 다른 방식으로 대응했고, 그 과정에서 자유의지를 실현하거나, 부분적으로 실현하거나, 혹은 조금도 실현하지 못한 채 이전보다 더한 금기에 지배당했다. 그리고 그러한 '다름'으로 자신들의 남은 인생 행로를 결정했다.

육영수의 경우

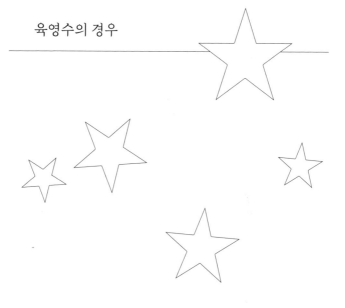

육영수에게 관심을 가진 것은 박근혜라는 신인 정치인이
등장했을 때였다. 박근혜에 대한 내 관심은 러시아의
마지막 공주 아나스타샤에 대해 사람들이 흥미를 가졌던
것과 같은 종류로, 이 시대에는 좀처럼 만나보기 힘든
희귀한 인물을 만날 때 느끼는 신비감을 동반했다.
지나가버린 조선시대에서 타임머신을 타고 날아오기라도
한 듯 비장하고 드라마틱한 느낌을 주는 뉴스 화면 속

인물을 뜯어보며 나는 생각했다. 저 흥미로운 인물의
부모는 어떤 사람이었을까?

딸인 박근혜가 쓴 육영수 전기를 읽으면서 나는
처음으로 육영수라는 사람에게 진지하게 접근했고,
그 역사적인 인물이 내뿜는 온화한 분위기와 힘에
빨려들어갔다. 이 사람, 멋있는데? 고리타분하고 답답할
줄 알았는데 안 그렇잖아!

육영수는 방 99칸짜리 대저택에서 수십 명의
하인을 부렸던 대지주 집안에서 태어나, 아버지에게
순종하며 착한 딸로 살았다. 여러 여성과 바람을 피우면서
어머니에게는 어떤 권리도 주지 않는 아버지의 모습을
보며 부당함을 느꼈지만, 육영수는 아버지의 말에 토를
달지 않았다. 아버지는 똑똑하고 셈을 잘하는 육영수를
자식들 중 제일 아꼈다.

그랬던 육영수가 박정희라는 남자를 만났을 때,
완전히 다른 모습을 보인다. 아버지의 완강한 반대를
무릅쓰고 결혼을 해버린 것이다. 아버지의 의지를
거스르고 감행한 결혼이었기에 눈곱만큼의 경제적 원조도
받지 못했지만, 육영수는 눈 하나 깜짝하지 않았다. 혼자

힘으로 가난하고 나이 많은 군인 박정희와의 결혼생활을
탄탄하게 꾸려나갔다. 자신과 함께 가출해서 나온
어머니를 평생 모시고 산 육영수는 이후로도 아버지에게
일절 손을 벌리지 않았다.

　여덟 살 차이 나는 육영수·박정희 커플은 서로
무척 사랑했던 것으로 보인다. 부모의 강권으로 원치
않은 결혼을 해서 이미 딸 하나를 두었던 박정희는 재혼
상대였던 육영수의 잠든 모습을 바라보며 감성이 물씬
묻어나는 시를 쓰고, 전방에 있느라 떨어져 있던 기간에
자신이 머물던 초라한 민가로 찾아온 육영수를 위해
이불깃을 깨끗하게 흰 타월로 시쳐놓았다. 육영수는
신혼생활을 즐길 겨를도 없이 일선으로 달려가야 했던
남편에게 사흘에 한 번씩 편지를 쓰며 애정을 표현했다.
충분한 연애 기간 없이 결혼했던 육영수에게 편지라는
형식은 "상대를 대면하지 않고 글로 나타냄으로써 한결
마음속 깊이 깔려 있는 애정을 표현할 수 있는"[1] 편리한
방법이었다. 육영수는 처음 만나던 순간부터 죽는 날까지
박정희를 지극정성으로 사랑하고 내조했다. 일하느라
새벽까지 잠을 자지 못하는 배우자를 "외로워 보인다"고

표현하며, 도울 수 있다면 물불을 가리지 않았다.

아버지를 위하던 나의 생활은 결혼 후 모두 남편에게로 옮겨졌다고 생각합니다. 아마도 나는 항상 한 사람에게 정성을 다하고 사랑을 다하면서 살지 않으면 못 견디는 성질인가 봅니다.[2]

나는 이 대목을 읽으며 지독히 상반되는 감정을 느꼈다. 하나는 평생을 타인을 위해서만 살았던 여성을 보는 데서 오는 안타까움이었고, 하나는 온전히 타인에게 헌신함으로써 한 인간이 제 유한함을 초월해 위대해지는 현장을 목격한 데서 오는 충만함이었다. 아이를 낳아 엄마가 되고, 내가 아닌 수많은 다른 존재들과 자의 반 타의 반으로 어우러져 살아가는 법을 익히면서, 나는 내 안에 '여성'이라는 정체성만으로는 설명할 수 없는 수많은 정체성들과 대면하게 되었다. 내 안에는 '여성'으로서 제 의지와 삶을 찾고자 하는 자아가 있지만, 동시에 내가 아닌 타자에게 온전히 헌신함으로써 나라는 작은 존재를 좀 더 커다랗고 충만한 존재를 만들고 싶은 '보편적인 사람'으로서의 자아도 있었다. 그렇기에 한 타인에게 온전히 헌신하는 과정에서 한 국가의 수많은 약자에게 마음을 열어 역사에 온전히 제 이름을 새겨 넣었던 한 인간, 육영수의 삶에 공명했다.

육영수는 비합법적인 방법으로 집권한 박정희에게 강력한 면죄부로 작용했다. 육영수가 남편의 쿠데타나 독재에 대해 어떻게 생각했는지는 확실하게 알려져 있지 않다. 막연히 권력을 놓고 물러나 필부로 살기를 염원했다는 일화가 전해져오기는 하나, 적극적으로 남편의 독재를 막았던 것 같지는 않다. 그보다 육영수는 남편이 하는 일을 '되돌릴 수 없는 일'로 여기고, 그 상황에서 자신이 할 수 있는 일을 찾아 최선을 다했던 것으로 보인다. 육영수의 발자취를 따라가다보면 마치 그녀의 영혼이 '내가 뭐라고 하든 그분은 권력을 잡고 나라를 통치하겠지. 그렇다면 나는 그 사실을 받아들이고 최대한 그 권력의 열매가 뜻있게 쓰일 수 있도록 하겠어!'라고 되뇌는 듯하다.

라디오를 통해 접한 딱한 사연을 듣고 주인공을 찾아가 도움을 주는 방식으로 시작한 육영수의 활동은 점점 규모가 커져서 몇 년 뒤에는 한 해에 5,000여 통의 서신을 받고 그것을 처리하는 대규모 프로그램으로 발전한다. 박정희가 권력을 잡은 지 10년이 되던 1971년, 육영수는 하루 평균 열 통의 편지에 답신을 작성했다고 한다. 바람을 피우는 남편에 대한 푸념에서부터 움막에서 살아야 하는 빈한한 처지에 대한 호소, 장애가 있어 걷지 못하는데 세 아이를 키워야 하는 아버지의 구제 요청 등 잡다하고 다양한 사연들이 청와대로 날아들었다.

당시 청와대 영부인실에서 서서히 규모를 키워갔던 이 중구난방식 복지사업은 육영수라는 인물의 공적 자아를 키우는 데 핵심적인 역할을 했을 것이다. 사랑하는 이가 어깨에 홀로 짊어진 짐을 덜어주겠다는 마음으로 시작한 작은 일들이 점점 범위가 확장되었고, 육영수는 전국을 돌아다니며 자연재해를 입은 이, 병마에 시달리는 이, 가난에 시달리는 이들의 처우를 개선해주며 전 국민의 '심리상담가' 같은 존재가 됐다. 그 과정에서 육영수는 자연스레 세상 보는 눈을 키웠을 것이다.

사람들에게 사랑받고 평가받는다는 측면에서 본다면, 배우자인 박정희에게는 크게 밑지는 장사가 아니었을까.

육영수가 제 시야에 들어온 이들에게 베푸는 모든 자원은 박정희라는 인물이 무력으로 찬탈한 비합법적인 것이었다. 그로 인해 박정희는 언제나 정당성에 대한 콤플렉스에 시달려야 했고, 자신이 그랬던 것처럼 누군가 총칼로 제 권력을 빼앗아가지 않을까 두려움에 떨었다. 그런데 그런 대가를 치르고 얻은 자원을 배우자가 현명한 방식으로, 누구에게도 비난받지 않는 가장 온화하고 전통적인 방식으로 분배하며 신망을 얻는 모습을 볼 때 그는 어떤 심정이었을까?

육영수·박정희는 전통적인 성별 역할에 충실했던 커플이다. 사진으로 남은 박정희는 군복, 양복, 때로는 러닝셔츠 차림인 반면 육영수는 드물게 양장차림이지만 대다수의 경우 한복을 입고 있다. 박정희가 짧게 깎은 스포츠 머리를 하고 다니는 동안 육영수는 높이 틀어 올린, 벽에 기대거나 눕는 건 절대로 하지 않아야 유지할 수 있는 올림머리를 고수했다.

육영수는 공동체가 결혼한 여성에게 마땅히 행해야 한다고 소리 높여 권장하는 규칙과 몸가짐, 마음가짐을 충실히 따라감으로써 배우자인 박정희와 국민의 신망을 얻었다. 그 결과, 전통적인 여성상에는 포함되어 있지 않은 매우 적극적이고 공적인 삶을 살았다. 전통을 따르는 외관과 태도로 무장한 채 현실에서 적극적으로 공적 자원 배분에 관여하고, 대중을 이끌고, 특유의 은근한 방식으로 독재를 견제했다.

그리고 그 모든 결과물의 근원은 사랑, 박정희라는 한 남자를 향한 지극한 사랑이었다. '나'라는 여성의 시선에서, 육영수라는 여성은 그렇게 닮고 싶은 롤모델은 아니다. 남편을 '그분'이라 칭하고, 그분이 깨어나시길 기다렸다가 따뜻한 세숫물을 대령하고, 그분이 좋아하는 냉면을 즉각 해 바칠 수 있도록 언제나 대기 상태로 있는 삶이라니. 나는 단 하루도 그렇게 살 수 없을 것이다.

그런 나이지만, 육영수라는 역사적 인물을 통해 나보다 타인을 우선순위에 놓는 것이 결국 나를 세우는 일이라는 깨달음을 얻었다는 사실은 부정할 수 없을 것 같다. 여성에게만 타인을 우선순위로 놓으라고 강요해온 문화에는 분명히 문제가 있다. 그러나 이를 '여성'에 한정하지 않고 보편적인 인류의 문제로 본다면,

타인에게 헌신하는 삶만큼 의미 있는 삶이 또 있을까.

지극히 전통적인 사랑을 했던 육영수. 그는 그런 사랑을 통해 역설적이게도 한국 역사상 가장 공적인 개인으로 탄생했고, 동시대인들은 물론 후세들에게도 두고두고 사랑받는 인물로 남았다.

이희호의 경우

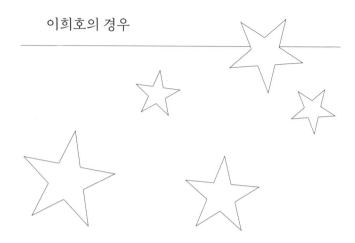

육영수·박정희와 이희호·김대중은 각각 1925년생·
1917년생, 1922년생·1924년생으로 같은 세대에 속했다.
해방·분단·전쟁·쿠데타·민주화 투쟁이라는 한국
현대사의 파고를 함께 겪었던 동시대인이었다. 그런데
육영수·박정희 커플이 후대인 우리에게 훨씬 더 오래전
시대의 인물들처럼 느껴지는 건 각 커플이 생존하고
집권했던 시기 때문이기도 하지만, 한편으로는 커플들이

서로 관계 맺는 방식의 차이 때문이기도 할 것이다.

충북 옥천에서 태어난 육영수는 고등학교를
졸업한 뒤 중학교에서 1년 3개월 동안 교사로 일하다가
그만두었다. 서울 사대문 안에서 태어난 이희호는
고등학교와 대학교를 마친 뒤 미국으로 건너가
석사 과정까지 밟았다. 육영수가 대지주이자 처첩을
거느리고 22명의 자녀를 두었던 아버지 슬하에서
철저히 가부장적으로 자랐다면, 이희호는 첫딸이
너무 예뻐서 자신이 일하는 병원으로 데려가 곁에 두고
보았던 의사 아버지 슬하에서 넘치도록 사랑받으며
자랐다. 육영수가 강력한 유교적인 분위기에서 자라는
동안 이희호가 독실한 감리교 집안에서 신식문물의 영향
아래에서 자랐다는 점도 두 사람이 세상에 완전히 다른
방식으로 대응하는 데 일조했다.

육영수와 이희호가 평생의 반려로 선택한 남성들은
그들의 성장 과정을 그대로 반영했다. 지독하게
자기중심적이고 가부장적이었던 아버지를 보고 자란
육영수는 온 나라를 제 뜻대로 좌지우지했던 군인
박정희를 선택했다. 위생관념이 철저하고 자상했던

의사 아버지를 보고 자란 이희호는 가족 내 배우자와도
평등한 관계를 맺으려 애썼던 민주화 투사 김대중을
선택했다.

두 여성의 공통점은 주위 사람들의 반대를 무릅쓰고
결혼해 자신이 택한 사람을 끝까지 지지하며 평생을
함께했다는 점이다. 육영수는 아이가 있는 '돌싱남'이었던
박정희와 결혼하기 위해 가출을 단행했고, 이희호 또한
주위 사람들이 뜯어말리는 아이 둘 딸린 홀아비와 눈 하나
깜짝하지 않고 결혼을 감행했다. 그러나 배우자를 선택할
때 뜻밖의 면모를 보여주었던 두 사람은 배우자와 새로운
인생에 안착한 뒤엔 성장 과정 동안 제 안에 담았던
사고방식으로 고스란히 돌아가 남은 인생 동안 맞닥뜨린
역사적 사건들에 그 방식으로 대응하며 살았다.

박정희가 한 민족의 가부장이자 한 가정의
가부장으로 제 자리를 굳건히 지켰던 데 반해, 김대중은
생의 많은 기간을, 특히 가정을 꾸리고 가장 역할을 해야
하는 중·장년기의 대부분을 감옥에서 보냈다. 그가
한 민족과 한 가정의 정신적 가부장이었을지는 모르나,
현실에서는 그 역할을 거의 할 수 없었던 것이다. 이희호는

남편이 감옥에 끌려가 부재한 상황에서 한 가정의 가부장 역할과 사회적 가부장 역할을 떠맡아야 했다. 원래 강인하고 독립적이었던 이희호의 성향이 그 과정에서 더욱 단단하게 벼려졌을 것이다.

이희호·김대중 커플은 집 대문에 명패를 나란히 걸었던 것으로 유명하다. 교도소에 갇혀 있는 김대중과 서신 교환을 하던 이희호는 어느 날 김대중이 "사위는 쳐다보고 며느리는 내려다보라"라는 격언을 우리 조상들의 깊은 지혜를 담은 말이라 평하며 써 보낸 데 대해 "여자를 하류층에서 데려와야 남편 쪽에 더 쩔쩔매고 맹종한다는 조상들의 생각은 여자를 천하게 다루는 데서 연유한 것이 틀림없을" 것이라는 답장을 보내 따끔하게 일침을 가한다.[3] 남편이 빨간색 옷을 입지 말라고 하면 자신의 모습을 "무심히 지나치지 않았다고 고맙게 여기고"[4] 얼른 남편이 좋아하는 색의 옷으로 바꿔 입었던 육영수와는 너무나 대조적인 모습이다.

훗날 김대중은 미국에서 초청 강연을 하던 중 동석한 이희호를 두고 이렇게 말했다.

나는 1956년 가톨릭 신자로서 세례를 받았고 1962년 아내와 결혼했습니다. 그 당시 내 아내는 대한YWCA연합회 총무였는데 나하고는 1951년부터 가까운 친구였습니다. (…) 결혼한 이후 아내의 내조는 정말 값진 것이었습니다. 아내가 없었더라면 내가 오늘날 무엇이 되었을지 상상할 수도 없습니다. 아내의 내조는 독실한 기독교 신앙에서 나온 것이었습니다. 오늘 내가 여러분과 자리를 함께할 수 있는 것은 내 아내 덕분이고, 나는 이희호의 남편으로 이 자리에 서 있습니다. 나는 그것이 너무나 자랑스럽습니다.[5]

시간이 조금 더 흐른 2008년, 김대중은 이희호의 자서전 출판기념회에서 이희호에게 90도로 허리를 숙여 인사했다. 84세의 전임 대통령 김대중이 86세 아내에게 허리를 숙이고, 이를 보며 이희호가 환하게 웃는 사진, 두 사람이 맺었던 관계의 성격을 이보다 더 잘 보여줄 수 있는 이미지가 또 있을까.

이희호는 남편인 김대중의 내조자이자 동반자였다. 이희호는 전통적인 사랑과 현대적이고 독립적인 사랑의 중간 지점에 위치했다고 볼 수 있는데, 그것은 이희호가 김대중과의 인연과는 별도로 언제나 사회 내에 자기 자리를 유지했기 때문이다. 박정희를 만나기 전 육영수는 사회 내에서 특정 역할을 맡지 않았고, 박정희가 아니었다면 이후에도 사회 활동에 적극적으로 임했을 가능성이 높아 보이지 않지만 이희호는 김대중을 만나기 이전에도 이후에도 사회에서 일정한 역할을 맡아 성실히 임했다. 여성 운동가이자 사회 운동가, 종교인으로서 활발히 활동했다.

여자 쪽이 여덟 살 연하였던 육영수·박정희 커플은 여자 쪽이 두 살 연상이었던 이희호·김대중 커플보다 전통적인 모델에 훨씬 더 충실했다. 한복과 높다란 올림머리로 상징되는 육영수가 단아하고 순종적인 여성상을 선명하게 구현하는 동안 군복과 권총, 선글라스로 상징되는 박정희는 강력한 전통적 남성상을 구현했다. 육영수와 이희호를 떠올려보면 육영수가 훨씬 더 '여자' 같고, 박정희와 김대중을 떠올려보면 박정희가 훨씬 더 '남자' 같은 건 이런 이미지 효과와 각 커플이 삶을 나누었던 방식 때문일 것이다.

육영수·박정희가 사람들이 원래 갖고 있던
성별 분업적 고정관념을 공고히 하는 데 일조했다면,
이희호·김대중 커플은 남녀가 만나 한 인간으로서
잠재력을 발휘할 수 있도록 서로 도와가며 사는 삶의
미학을 보여줌으로써 새로운 남성상과 여성상의 롤모델을
구축하는 데 일조했다.

4. 전통적 혹은 수평적 사랑

시몬 드 보부아르의 경우

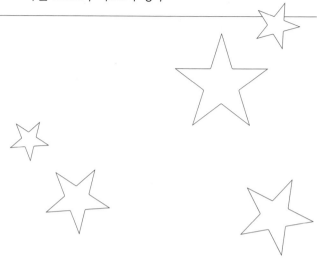

이제 전통적인 방식에서 조금 더 나아간 사랑을 했던
인물을 살펴보자. 프랑스의 소설가이자 철학자인 시몬
드 보부아르. 결혼하지 않고 평생 사람들과 자유롭게
관계를 맺었던 여성이다. 보부아르는 사르트르와 서로를
독점하지 않으면서 일정 기간 동반자로 지내기로 계약을
맺었으며, 일정 기간마다 이 계약을 갱신했다. 일명 '계약
연애'라 불렸던 이 관계는 두 사람을 세기의 연인 자리에

올려놓으며 수많은 에피소드를 낳았다.

항간에는 중년에 접어든 보부아르가 사르트르와 계약 연애 관계를 맺은 것을 후회했다고 하는 설도 있다. 보부아르의 저작을 간단하게 폄하하는 이들이 즐겨 입에 올리는 설화로, 이들에 따르면 이 유명한 철학자 커플이 계약을 맺고 서로 자유롭게 연애했다고는 하나, 실제로는 보부아르 쪽에서 사르트르에게 집착했고, 결혼하지 않은 것을 여자인 자신이 손해 보는 일이라고 간주했다고 한다. 생전에 보부아르가 발표했던 자전적인 에세이에 보부아르가 사르트르와의 연애를 강조하고 다른 이들과 맺었던 연애 관계를 적극적으로 밝히지 않았기 때문에, 이들의 말은 일면 그럴싸하게 들리기도 한다. 생전에 사르트르는 보부아르 외에 사귀었던 이들을 공개적으로 알리고 다녔으나 보부아르는 사르트르가 아닌 다른 연인들을 알리는 데 소극적이었다. 그래서 보부아르가 사르트르에 대한 독점욕으로 괴로워했다는 소문은 한동안 정설처럼 여겨지기도 했다.

그러나 이런 오해는 보부아르 사후에 공개된 보부아르의 서신, 보부아르와 연인 관계를 맺었던 이들의

증언, 보부아르·사르트르 커플과 가까웠던 지인들의
증언을 통해 풀리게 된다. 생전의 보부아르에게는
사르트르 외에도 다수의 남성 연인이 있었고, 또한 동성
애인들도 있었던 것으로 드러났다.

　　보부아르는 1908년에 태어나 두 번의 세계대전을
겪은 뒤 1980년대까지 살았던 인물이다. 사르트르와
보부아르는 같은 학교를 다녔던 동창생으로, '실존주의'라
불렸던 철학사조를 이룬 그룹의 일원이었다. 친구로 만나
연인 사이로 발전했던 둘은 평생 각자 쓴 글을 보여주고
평가받으면서 서로 영향력을 행사했다. 사르트르는
인터뷰를 통해 자신은 글을 쓰면 보부아르에게 제일 먼저
보여주고 의견을 듣는다고 공공연하게 밝혔다.
그 자연스러운 결과로, 이들은 비슷하면서도 다른 결을
지닌, 각각 자기만의 논리를 전개한 위대하고 독보적인
작품들을 남겼다. 사르트르는 실존주의 철학으로,
보부아르는 《제2의 성》이라는 여성주의 저작으로 당대
프랑스뿐 아니라 전 세계적으로 광범위한 영향력을
행사했다.

　　프랑스는 1964년에야 여성에게 참정권을 부여했을

정도로 여성의 권리와 역할에 대해 유럽 내에서도 보수적이었던 나라였다. 당시 사람들에게 여성이 결혼하지 않고 혼자 사는 것은, 나아가 결혼하지 않은 남성과 계약을 맺고 연애를 하는 것은 받아들이기 힘든 파격이었다. 보부아르는 이 점을 잘 알고 있었을 것이다. 여성의 권리를 주장하는 여성운동가로, 실명으로 작품을 발표하는 소설가로, 냉철한 논리를 전개하는 철학자로 세상에 서려면, 사회에서 일정한 자리를 점유하고 발언권을 유지하려면, 실제로 영위하고 있던 생활을 그대로 밝히기보다 사르트르의 연인이라는 이미지 정도에 그치는 것이 좋겠다고 판단했을 것이다.

보부아르 평전을 쓴 케이트 커크패트릭에 따르면 보부아르와 사르트르는 성적인 의미의 연인이라기보다는 깊은 우정을 나누는 동반자 관계에 더 가까웠다. 사르트르는 신체적으로 그다지 건강하지 않은 편이었고, 그 때문인지 성관계에 크게 가치를 두지 않았다. 육체보다는 정신에 더 많은 의미를 부여한 인물이었다. 보부아르는 사르트르와 성적인 관계를 많이 맺지 않았고, 맺었던 관계를 만족스럽게 여기지도 않았다. 보부아르가 세간에서 말하는 '뜨거운 연애'를 했던 이들은 모두 사르트르보다 젊고, 육체적으로 매력적이며, 성적으로 적극적인 남성들, 그리고 여성들이었다.

보부아르는 여러 남자와 연애하면서 동시에 여성들과도 관계를 맺었다. 결혼하지 않고 단 한 명의 남자와 계약 연애를 하며 그 남자와 결혼하지 않은 것을 후회한 것이 아니라, 그 한 명의 남자보다 더 젊고 매력적인 남성들 혹은 여성들과 연애하며 자유롭게 살았다. 사후에 서신과 저작을 통해 보부아르의 이런 면모가 알려지면서 사람들의 분노를 사기도 했다. 그렇게 여러 겹의 관계를 맺으면서 다른 이들의 인격을 침해하고 상처를 줬다는 것이다.

보부아르 사후에 복잡한 연애사가 밝혀졌을 때, 보부아르와 사르트르라는 거대 항성들 주변을 맴돌았던 이들은 '이용당했다'며 거센 목소리를 냈다. 사르트르와 계약 관계로 맺어진 상태에서 여러 남녀를 주위에 두고 관계 맺은 것은 일부일처제가 공고한 법적·문화적 규약인 사회에서 사르트르나 보부아르만큼 자기 소신이나 명성, 철학 세계가 강하지 않은 주위 사람들에게 큰 타격이 되었을 것이다.

그러나 비난받는 지점과 별도로, 보부아르는 제 생의
윤리에 충실히 살다 간 인물이었다. 그녀는 전통이 명한
여성의 자리에 앉기를 거부하고 한 인간으로서 제 가슴이
명하는 대로 살았다. 사회적 위치와 발언권을 포기하고 한
남자의 내조자로 머무는 대신, 내재한 재능과 통찰력을
십분 발휘해 인류 역사에 거대한 지각변동을 일으킨
저작을 남겼다. 《제2의 성》은 그전까지 존재했던 어떤
철학자도 조명하지 않았던 지구상의 거대한 인구에게
빛을 비추고, 여성을 온전한 인간으로 승격시켜준 커다란
이정표 같은 작품이었다.

보부아르는 전통적인 사랑의 방식과 가장 먼
지점에 서서, 여성이 무엇을 할 수 있는지, 어디까지 갈
수 있는지를 삶으로 보여주며, 자유롭고 독보적인 역할
모델로 자리잡았다.

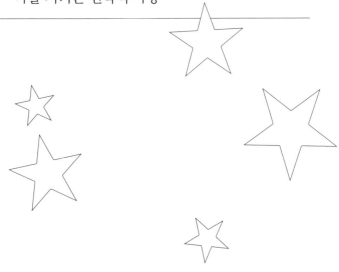

지금까지 살펴본 세 명의 인물은 각각 전통적인 방식의
사랑을 했던 경우, 전통과 현대적 방식이 혼합된 사랑을
했던 경우, 전통에서 완전히 먼 반대 지점까지 갔던
경우에 해당한다. 이들은 각자의 방식으로 자신이 속한
사회가 보내는 메시지에 부응하거나, 타협하거나, 때로는
정면으로 맞서면서 의지를 관철시켜나갔다. 그러나
셋 중 어떤 인물도, 사회가 여성에게 부여한 거대한

그물망에서 완전히 빠져나가지는 못했다. 보부아르조차, 사르트르와의 일대일 연애라는 위장을 함으로써 사회가 명한 일부일처제 혹은 일대일 배타적 연애 관계를 따르는 시늉을 했다. 간혹 관계를 맺었던 다른 애인들과의 일이 밝혀질 때도, 보부아르는 모호한 태도를 보였다.

이 세 명의 여성들은 어째서 그물망 바깥으로 완전히 나가버리지 않았을까? 공적인 자아로 진입해 들어가는 단계의 사람들이 본능적으로 깨닫는 것은 당대 대중과의 '라포'(서로 신뢰하며 친근감을 느끼는 인간관계) 형성이다. 누군가가 내 말에 귀를 기울이고 따르게 만들기 위해서는 일단 상대의 호감을 사야 하고, 호감을 사기 위해서는 상대와 나 사이에 존재하는 공통점을 찾아야 한다. 육영수와 이희호, 시몬 드 보부아르는 이 점을 기민하게 파악한 여성들이었다.

공인인 누군가가 자유롭게 살겠다는 자신의 의지에만 충실하다면 어떤 결과가 나올까? 그런 공인을 보며 사람들은 '저 사람은 나와 다르'고, '제멋대로 살아도 아무 염려가 없는' 특권층이라고 생각하게 되지 않을까. 공동체의 룰을 거스르면 당장 먹고살 길에 타격을 받게

누군가가 내 말에 귀를 기울이고
따르게 만들기 위해서는
일단 상대의 호감을 사야 하고,
호감을 사기 위해서는 상대와 나 사이에 존재하는
공통점을 찾아야 한다.
육영수와 이희호, 시몬 드 보부아르는
이 점을 기민하게 파악한 여성들이었다.

되는 평범한 사람들과는 다르다는 이미지가 형성되는
순간, 대상이 되는 인물과 대중 사이의 교감은 끊어진다.
여성이 남성을 따르고 보조하며 돌보아야 한다는
인류의 오랜 정언명령 앞에 세 명의 여성이 각자 내장한
사고방식과 판단력에 따라 다른 방식으로 대응한 것은
그 때문이었으리라. 남편의 폭력에 시달리는 여성이
가정에서 나와 공권력에 호소하게 하고, 가난에
허덕이는 여성들이 자립할 수 있도록 도와주기 위해서는,
여성이기에 받게 되는 제약을 벗어버리고 온전히 제
의지대로 살고자 하는 자아의 일부를 접어놓고 다른
부분의 자아를, 즉 다른 여성과 공감할 수 있는 보편적인
자아를 전면에 배치해야 했던 것이다.

　　육영수, 이희호, 시몬 드 보부아르. 세 여성의 삶은
다채롭고 강렬한 메시지를 발산했다. 여성이라는 굴레를
그대로 끌어안아 역설적으로 보편성을 획득해버리는
방식, 여성이라는 굴레에서 더 나아가되 일정 부분은
타협하는 방식으로 동시대인들과 어깨를 나란히 하며
단계적으로 진보해가는 방식, 통념이 그어놓은 범주를
훌쩍 벗어나 살아가되 전략적으로 제 삶의 일정 부분에

장막을 드리워 당대인들이 소화 가능한 범위에서
제 페르소나를 연출하는 방식. 각각 판이하게 다르면서도
어떤 면에서는 닮아 있었던 세 여성이 동시대인들과
라포를 형성하며 영향을 주고받을 수 있었던 것은
그 여성들이 성장 과정과 경험, 그리고 자기만의 통찰을
통해 단단하게 별러낸 독보적인 지혜 덕이었다.

4. 전통적 혹은 수평적 사랑

왜 혼자 말하는가 — H의 경우

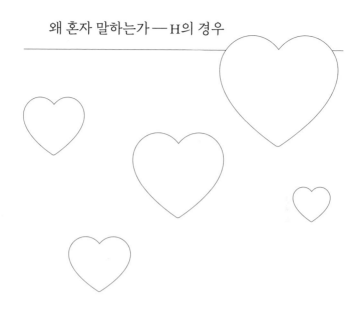

D는 퇴근 뒤 고교 동창 H를 만났다. 작년 가을에 만나고 못 만났으니 거의 1년 만에 만나는 셈이었다.

"김 실장이 오늘도 발목 잡았잖아."

H는 앉자마자 김 실장 때문에 퇴근을 못했다면서 길게 말을 늘어놓았다. 김 실장은 변호사인 H의 사무실 사무장으로 오랫동안 일해온 동료이다. H는 행동이 굼뜬 김 실장을 탐탁지 않아하면서도, 성실하고 우직한 그에게

많은 부분을 의지하고 있다. 그 때문에 D는 H와 만날 때마다 김 실장에 관한 이야기를 주야장천 들어야 했다. 김 실장이 사람 보는 안목이 없어서 좋은 고객을 놓쳤다거나, 다 이겨놓은 사건을 김 실장 때문에 그르칠 뻔했다거나, 김 실장을 내보내려 했는데 번번이 실패했다거나……

H는 단숨에 좌중을 휘어잡고 숨넘어가게 웃도록 만드는 재주가 있다. 상황을 꿰뚫어 보고 그 상황에 놓였던 이들의 특징을 끄집어내며 일목요연하게 일어났던 일을 기술하는 H의 입을 통과하면 모든 일이 흥미진진하게 변한다.

그런데 이상하게, H와 있은 지 몇 분이 지나면 하품이 나오면서 딴청을 부리게 된다. H의 이야기가 분명 재미있는데도 그랬다. 이것은 비단 D에게만 해당하는 이야기는 아닌 듯, 같이 만났을 때 개중에는 노골적으로 하품을 하거나 아예 핸드폰에 고개를 묻고 듣지 않는 친구도 있었다. 이렇게 나가다간 D도 H 앞에서 꾸벅꾸벅 조는 사태가 일어날 것 같았다. 앞으로 H와 둘이 만나지 말아야겠다 생각하는데, D는 문득 궁금해졌다. H와 함께 있으면 왜 졸음이 올까?

H는 누구와 있든 혼자서만 얘기했다. 가끔 다른 친구가 끼어들어 제 이야기를 할라치면, 몇 초 지나지 않아 곧바로 주도권을 낚아챘다. "내 말이! 저번에 우리 사무실 이전했을 때도 그랬잖아"라며 초점을 자신에게 돌리는 방식이었다.

대화는 주고받는 것이다. 내 안의 생각 덩어리를 언어라는 질료로 바꾸어 밖으로 내보내고, 그렇게 표출한 생각 덩어리를 상대가 받아안아 제 안으로 밀어 넣은 뒤, 그 상대가 방금 받아안은 덩어리에 제 생각 덩어리를 덧붙여 다시 언어라는 신호체계로 바꾸어 내보내는 과정이다. 이 과정에서 중요한 것은 '섞임'이다. 내 안에 있던 생각 덩어리가 건너가 상대의 것과 섞이는 과정.

우리는 고막을 통해 들어온 말을 외면할 수 없다. 영향 받지 않을 수 없다. 영향이 큰가 작은가의 차이가 있을 뿐, 귓전으로 들어온 말을 듣지 않은 것으로 되돌릴 수 없다. 들은 말에 동의하지 않거나 반감을 가진 경우조차 들은 말의 반향으로 생겨난 결과이므로 영향력의 자장에 속한다고 보아야 한다. 자주 만나 대화한 사람일수록 말이 통하고 가깝게 느껴지는 것은 이 때문이리라. 상대가 한 말이 들어와 나의 일부가 되었기에, 여러 번 만나 말을 섞은 사람일수록 친근하게 느껴지는 것이다. 그러니 우리는 이렇게 말할 수 있으리라. 대화란 서로가 서로의 영혼 조각을 나누어 갖는 성스러운 장이라고.

인식해 진지하게 평가하지 못할 뿐, 우리는 이 성스러운 만남의 장을 매일 갖는다. 때로는 가족과, 때로는 친구와, 때로는 거래처의 과장과. 평균치의 소통방식을 가진 이들은 대화를 통해 주위 사람들과 서로 섞여들어가는 과정을 밥 먹듯 반복한다. 유유상종이란 말은 그러므로 원인보다는 결과의 측면에서 다시 새겨볼 수 있을 것이다. 비슷해서 친해졌다기보다 친하게 지냈기에 비슷해졌다고.

그런데 혼자서만 일방적으로 말하는 사람과는 이 과정을 거칠 수 없다. 네가 한 말을 듣고 내게 어떤 생각이 떠올랐는지를 표현할 수 없다. 기회가 오지 않기에 너에게 나의 덩어리를 건네줄 수 없다. 그 결과, 오랜 세월 교유하며 함께 만들어온 공동 소유의 내면을 그윽하게 추억할 수 없게 된다. 내 입으로 곱씹어 다시 내놓을 수 없는 너의 말은 내 표면을 맴돌다 튕겨나간다.

들어오지 못한 말, 자리 잡지 못한 말은 함께 앉은 공간을 떠돌아다니고, 둘 사이에는 보이지 않는 투명한 막이 쳐진다. 눈앞의 상대는 의미 없이 움직이는 실루엣이 되어간다. 흡사 텔레비전을 틀어놓은 것처럼. 아무리 재미있어도, 아무리 기상천외해도, 우리는 자신과 관련이 없는 일에 감흥을 느끼지 못한다.

조금 다른 경우도 있다. 상대의 말을 듣긴 하는데 중간에 자꾸 말을 끊는 사람이다. 이런 사람들은 귀를 기울이는 기색을 보이다가, 어느 순간 이야기의 맥을 끊고 훈수를 둔다. 이를테면 이런 식이다.

D: (주식에 올인했던 과거를 털어놓으며) 그때 내가

　　뭐에 씌었었나봐. 자고 일어나면 맨 먼저 생각하는 게

주식이었거든. 사놓은 종목이 얼마가 됐나.

내가 원래 한 가지에 열중하면 바보 되잖아?

그땐 완전히 바보였지. (흥분해 목소리를 높이며)

돈 좀 벌어보겠다는 욕심에 눈이 멀어서……

K: 네가 왜 바보야!

D: (놀란 얼굴로) 응?

K: 너 바보 아니야. 욕심이 많은 것도 아니고. 그땐

온 나라가 다 주식에 미쳐 있었잖아.

D: 아이, 내가 진짜 바보였다는 게 아니라 그만큼 그때……

K: (주먹을 불끈 쥐며) 바보라서 그런 게 아니라니까!

너는 왜 자꾸 스스로를 깎아내리니? 그렇게 자책할 필요

없어. 너는 그 상황에서 최선을 다한 거잖아. 직장에

언제까지 다닐 수 있을지 모르는데 할 수 있을 때

목돈을 마련해놓아야지. 거기다가 너는 부모님 건강도

안 좋으시니까……

D: 아니, 나는 그 얘기가 아니라……

K: 가만 보면 너는 참 자신에 대한 평가가 박하더라.

너, 그렇게 이상한 애 아니야. 좋은 점이 얼마나

많다고……

일상에서 K 같은 사람을 종종 만난다. 마주 앉은 상대에게 발화의 기쁨을 주기보다 올바른 말을 하는 행위를 통해 느끼는 제 기쁨에 더 집중하는 사람을. 큰 범주에서 보면 K는 아예 다른 사람의 말을 듣지 못하는 H와 같은 부류에 속한다. 경청 능력이 없다는 데서 두 사람은 근본적으로 같은 문제를 갖고 있다. H와 K는 왜 이런 패턴을 반복하는 것일까?

나는 그 이유를 '자기애'라는 개념에서 찾고 싶다. 이 범주에 속하는 사람들은 성장 과정에서 자신의 말에 온전히 귀 기울여주고 반응해주는 사람을 만나지 못한 경우가 많다. 애정 어린 눈으로 진지하게 귀를 기울여주었던 사람이 없었거나, 있었다 해도 충분치 않은 기간 동안 머물다 떠났거나. 그렇기에 이런 이들의 가슴엔 늘 못다 한 말이 맴돌고, 틈만 나면 말할 기회를 낚아채려 든다. '나'에 대한 사랑에 굶주려 있는 것이다. 틈만 나면 훈수를 두는 행위를 통해 K는 귀 기울여주는 이가 없어 허기졌던 제 자아에 애정을 들이붓는다. 누군가의 말을 끊고 입바른 소리를 할 때마다, 우뚝 서는 느낌이 든다. '셀프 인정'으로 자신을 만족시키는 셈이다.

그러나 근본적으로 K의 자아는 밑이 빠져 있다. 아무리 인정을 쏟아부어도 채워지지 않기에, 늘 같은 패턴을 반복하게 된다. 기회가 왔다 싶으면 재빨리 끼어들고, 입바른 소리를 함으로써 제가 윤리적이고 선량한 사람이라는 느낌을 받으려 한다. 상대가 반격하면 목소리를 높이며 강하게 나간다. 이런 경우 겉으로는 '다 내가 너를 아끼니까 해주는 소리다'라는 정당화의 외피를 두르지만, 외피를 들춰보면 상대의 말하는 기회를 빼앗는 '탈취 행위'가 드러난다. 타인에게 가야 할 발화 기회를 가로채 가난한 제 마음을 채우려 드는 자기 중심성이. 이런 사람과 나누는 대화는 산만하고, 허무하며, 불쾌하다.

집에 돌아와 잠자리에 든 D는 기분이 좋지 않았다. D가 하고 싶었던 얘기는 자신이 '바보인가 아닌가'가 아니라, 예전의 과오를 교훈 삼아 앞으로는 현재에 충실하게 살아야겠다는 것이었다. 그런데 그 얘기는 꺼내지도 못했다. 눈을 감았는데, K와 주고받았던 말들이 자꾸 떠오르고, 미처 하지 못했던 말들이 주위를 떠다녔다. 하던 말이 갑자기 가로막혔을 때 느꼈던 불쾌감이 생생히 되살아나 적대감의 부피를 키웠다. D가 느낀 불쾌감은

K의 공격성에서 비롯된 것이리라. 말을 끝까지 듣지
못하는 사람과 있을 때 사람은 불안해진다. 내가 하고 있는
말이 언제 방해받고 끊길지 모르기 때문이다.

　　말을 하는 행위에는 상당량의 에너지가 동원된다.
마음이나 생각이라는 것이 본디 언어처럼 질서정연한
형태를 띠지 않기에, 완전히 다른 조형물인 언어로
바꾸어내는 일이 뇌에 커다란 부담을 준다. 우리가 기나긴
말을 마친 직후에 아쉬움을 느끼는 건 이 때문이다.
내 마음은 그게 아니었는데 조금 모자라거나, 반대로
과장되게 말한 것 같다. 본래 언어와 마음이 완전히 다른
차원에 속해 있기에 일어나는 일이다. 그러니 우리가
일일이 의식하지 못할 뿐, 발화 행위는 위대한 일이다.
발화 과정을 하나하나 떼어내 분석해보면 그 일을 몇십 년
동안 아무렇지도 않게 해치우며 살아왔다는 게 기적처럼
느껴진다. 그만큼 어렵고, 정교하며, 많은 노력을 요하는
행위인 것이다.

　　그런데 그런 행위를 한참 해내는 도중 방해를 받는
것은 대대적으로 공격을 받는 것과 같다. 비이성적인
질료를 이성적인 질료로 바꾸어내느라 끙끙거리고

있는데 누군가 무례하게 끼어들어 뇌의 회로 작용을
헝클어버리는 것이다. D와 K 사이에 벌어진 것은 일종의
전투였다. 잘 걸어가던 병사가 갑자기 적군에게 습격을
당하고, 몇 번 저항해보다가 결국 포기하고 항복한 것이다.

만날 때마다 번번이 공격을 받고 패퇴한 D는
그다음부터 제대로 된 이야기를 할 수가 없었다. 언제 말이
끊길지 모르기에 진지하고 깊은 이야기를 꺼낼 엄두가
나지 않았다. 결국 두 사람의 만남은 대개 의미 없는
잡담으로 채워졌다.

나와 뭔가를 주고받은 '타자'는 특별해진다. 타자가
사람일 경우, 내 마음 덩어리가 건너가 그의 일부가 된
것을 직접적으로 확인할 수 있기에 곧바로 상대에게
특별한 감정을 품게 된다. 타자가 책이나 영화나 예술작품
같은 문화 산물일 경우에도 마찬가지다. 결과물을
만들어낸 생산자(작가, 감독, 화가)의 마음 일부가 내
안에 들어와 자리 잡게 된 것을 간접적으로 확인하면서
생산자에게 관심을 갖게 된다. '좋아하는 작가(감독,
화가)'라 명명하고 그의 다른 작품을 찾아보거나 인터뷰
기사를 찾아보게 된다. 작은 모임이나 강연에 참석해 직접

경청하는 사람은
이런 경험에 자주 노출된다.
타자에게 귀를 기울이고
상대의 일부를 제 것으로 받아들이는 순간,
그의 자아는 확장된다.

얼굴을 보게 되면, 수용자에게 그는 조금 더 특별해진다. 한마디라도 말을 주고받게 되면, 그는 이전과 다른 의미로 내 안에 자리 잡는다. 출판사들이 작가와 독자가 만나는 자리를 만들거나 영화사들이 시사회처럼 관객과 직접 만나는 자리를 준비하는 것은 이 때문이리라.

경청하는 사람은 이런 경험에 자주 노출된다. 타자에게 귀를 기울이고 상대의 일부를 제 것으로 받아들이는 순간, 그의 자아는 확장된다. 제 자장에서만 맴돌던 자아가 외부에서 들어온 낯선 조각을 받아들이면서 영역을 한 뼘 넓힌다.

이미 내 일부로 자리 잡은 타자는 소중하다. 내 일부가 되었기 때문만이 아니라 상대도 내 일부를 갖고 있기 때문이다. 내 일부를 담고 있는 타자는 자식처럼 바라보고 아끼게 된다. 그가 하는 일, 습관, 가치관을 관심 있게 지켜보게 된다. 도움을 필요로 할 때 손을 내밀어주게 된다. 이런 경험을 한 사람은 다른 사람들과도 같은 패턴의 관계를 맺게 되고, 그 결과 좋은 마음을 갖고 대하는 대상이 점점 많아진다. 호감의 원이 커지는 것이다.

이 원의 크기가 타의 추종을 불허하게 되는 경우,

우리는 그 원을 운용하는 사람을 존경하고 따르게 된다. 그들은 상호작용을 통해 타인을 자신의 일부로 만드는 훈련을 꾸준히 해온 사람들이다. 어느 경지를 넘어서면 이 과정은 자동으로 작동되어, 의도하지 않아도 저절로 타자를 끌어당겨 품에 안게 된다. 한계선이 보이지 않을 정도로 커다란 원을 영위한 이들은 고통 받는 이들을 보면 즉시 그들로 화한다. 마더 테레사, 간디, 석가모니, 예수 같은 이들이 이런 레벨에 해당하는 인물이다.

처음엔 이들도 H나 K처럼, 채워지지 않는 자기애로 몸살을 앓았다. 그러나 인생의 한순간, 타자를 내 안에 들이는 경험을 하고, 그 경험을 발판 삼아 조금씩 자아를 확장해갔다. 타자를 끌어들여 자기애를 채우는 수단으로 뒤틀어버리는 게 아니라, 나를 열어젖히고 나와 타자를 섞어놓았다. 전자의 경우, 타자는 자아에 아무런 흔적을 남기지 못한다. 후자의 경우, 타자와 자아는 하나가 된다.

왜 타인을 낮추는가 — T의 경우

D가 T를 만난 것은 직장인 독서토론 모임에서였다.

T는 모임의 장이었는데, 회원들이 정해진 분량의 책을

읽고 약속된 감상문을 써서 올리도록 적극적으로

독려했다. 어느 정도 강제성 있는 모임을 원했던 D는

열심히 책을 읽고 감상문을 올렸다. 그 과정에서 T와

친해졌고, T는 D가 알찬 글을 쓸 수 있도록 도와주었다.

시간이 갈수록, D는 T가 부담스러워졌다.

T는 D의 생각을 전부 모니터링하고 조정하려 했다. 어떤 책을 읽고 어떻게 생각해야 하는지, 떠오른 생각을 어떤 식으로 독후감에 녹여내야 하는지 일일이 지침을 주고 고쳐 쓰길 종용했다. 어느 날 T가 D의 글을 '너무 사적이고 신변잡기적이다'라고 노골적으로 폄하했을 때, D는 그제야 깨달았다. T와 접할 때, 온라인에서 댓글을 주고받을 때든 오프라인에서 만날 때든, 마음이 서걱거렸다는 것을. 내내 신경이 곤두서 있었다는 것을.

　　T는 증권사 직원이었는데, 지역 신문이나 도서관 소식지 같은 데 정기적으로 글을 기고했다. 토론모임에서 T가 글쓰기 강사 역할까지 맡은 것은 그가 이런저런 매체에 글을 기고한다는 데서 얻은 권위 덕이었다. 글쓰기를 배우고 싶었기에, D는 T의 글을 열심히 읽었다. 매체에 기고된 글은 물론이고 개인 블로그에 올려진 글까지 빠짐없이 읽었다. 그런데 이상하게도, T의 글은 잘 읽히지 않았다. 앞뒤 인과관계가 맞아떨어지는 논리적인 글이고, 올바른 내용으로 가득한데도, 읽다보면 금세 다른 생각을 하게 됐다. 글자들이 눈으로 들어오다가 미끄러져 나가는 느낌이랄까.

T에게는 미안하지만, D는 T가 쓰는 글들이 '읽어도 그만 안 읽어도 그만'인 글로 여겨졌다. 읽기 전과 후에 아무런 변화나 잔상을 남기지 않는 글. 모임에 들어간 지 3개월째에 접어들었을 때, D는 T의 글을 정독하기를 포기했다. 모임 사람들과 있을 때 읽었다는 내색을 할 수 있도록 제목과 내용을 대충 훑고 지나가기만 했다.

어느 순간 D는 다른 멤버들도 자신과 비슷하게 대처하고 있다는 사실을 알아차렸다. 처음 모임에 들어올 때 T의 달변과 독서 편력에 감탄하던 멤버들이 시간이 흐르면서 무덤덤해졌다. 진정한 관심과 대화는 T를 제외한 다른 멤버들 간에 이루어지고 있었다. 모임에는 T만큼의 글쓰기 경력은 없지만 좋은 글을 쓰는 사람들이 많았다. 지난달에 모임에 새로 들어온 W는 그동안 글을 써본 적이 거의 없다는데도 알차고 단숨에 읽히는 글을 썼다. 읽다보면 자기도 모르게 나도, 나도, 하면서 공감하게 되는 글이었다.

그런데 어째서일까. 왜 T가 하는 말과 글엔 임팩트가 없을까. 왜 그의 말과 글이 사람들에게 호소력이 없는 걸까. T의 문제는 무엇일까?

T는 책을 많이 읽었지만 접한 내용을 자기 것으로 소화하지 못했다. 그는 읽은 내용을 요약하고, 정리하고, 논제를 도출해내는 데 뛰어났지만, 그것을 자기 삶에 녹여 자기만의 것으로 만들어내지 못했다. 그렇기에 읽은 책 속의 주장을 그대로 반복하거나, 주장의 일부분을 과장하고 극단적으로 증폭시켰다. 그런 뒤 무리하게 그 주장을 부르짖었다.

읽은 책이 자본주의의 폐해에 대한 것이라면, 자본주의가 얼마나 나쁜지 여러 사례를 들어가며 설명한 뒤, 그러니 우리는 개인의 재산을 증식하기 위해 시간과 노력을 들여선 안 된다고 주장했다. 그러나 현실에서, 그는 고객의 돈을 불려준 대가로 회사에서 인센티브를 받았으며, 모임에서 자신이 주최하는 세미나나 강연에 대해 적지 않은 금액을 책정해 거둬들였다. 자본주의를 비판하는 책의 강독을 마친 뒤 그는 불로소득을 추구하지 않겠다고 비장하게 선언했지만, 그건 지금 살고 있는 집을 매입할 때 무리하게 대출을 하느라 주식이나 부동산에 손댈 여유자금을 조달할 수 없기 때문이었다.

그의 글을 읽는 이가 하품을 하게 되는 건

그 때문이었다. 글 속에 '진짜'가 없다는 것. '삶'이
녹아들어가 있지 않다는 것. 삶에서 우러나오는 말이
아니기 때문에 그가 하는 말과 글은 언제나 극단적이고
흑백논리로 흘렀으며, 납작한 교조주의로 완결되었다.
그는 책의 내용에 흠뻑 빠져들어 헤엄치기보다, 저자의
언어를 가져다가 저의 뛰어남을 증명해 보이고 싶다는
욕심에만 매달렸다. 한마디로, 자신이 하는 공부와 삶을
일치시키지 못하고 있었다.

  D를 비롯한 모임의 멤버들은 T와 대화할 때마다
어쩐지 유치해지는 듯한 느낌을 받았다. 책에 대한 감상을
나눌 때, 다른 사람에게라면 '덕분에 보지 못했던 걸 볼 수
있었다'는 감사의 말을 쉽게 건넬 수 있는데, T에게는 그런
말이 나오지 않았다. 그보다는 당신이 말해주기 전에 나도
이미 그런 생각을 하고 있었다는 걸 자꾸 강조하게 됐다.
지식을 통한 깨달음과 그로 인해 일어난 감흥을 소유의
개념으로 대체하는 T의 습성에 휘말려, 같은 패턴으로
치기 어린 싸움을 벌이게 됐다.

  T는 H나 K와 비슷한 문제를 안고 있는 사람이다.
자기애의 문제. H와 K는 '밑 빠진 자아의 독'을 혼자서만

계속 말하거나 지인들에게 잔소리성 훈수를 두며 채우려 하고, T는 이를 지적인 권위를 빌려와 채우려 한다는 차이가 있을 뿐이다.

왜 자신을 낮추는가

이와는 완전히 반대되는 지점에 있는 이들이 있다.
자기애가 하나도 없는 사람. 이들은 언제나 자신보다는
다른 이들을 우선시한다. 자신의 생각보다 다른 이들의
생각을, 자신의 특성보다는 다른 이들의 특성을 높이
평가한다. 작은 결정을 내릴 때조차 주위 사람들에게
의견을 묻고, 드물게 직접 결정을 내린 후에도 누군가
다른 의견을 제시하면 재빨리 철회한다. 주장을 펼 때는 꼭 다른 사람들을 들먹인다. 이들이 말을 꺼낼 때면 '난 잘 모르지만 ○○이 그러는데', '뉴스에서 봤는데', '왜 그런 말 있잖아'와 같은 말이 단골로 동원된다.

이런 사람들의 행동반경을 따라가보면, 이들이 말로는 타인의 의사를 따르는 것처럼 보여도 실제로는 그러지 않는다는 사실을 발견하게 된다. '난 상관없어', '나는 뭘 먹어도 다 괜찮아'라고 말했으면서도 막상 메뉴를 결정하는 단계가 되면 자신이 선호하지 않는 선택사항들을 사소한 이유를 붙여 제외시킨다. 만일 그가 스파게티를 먹고 싶었다면, 김밥은 며칠 전 뉴스에서 대장균이 검출됐다는 소식을 접해서 꺼림칙하다고 하고, 초밥에는 식중독 위험을 들먹이며, 탕수육은 칼로리가 높다고 말하면서 선택지를 하나하나 제거해나간다. 이런 식의 소통방식을 가진 사람과의 대화는 헷갈리고 혼란스럽다. 진짜로 원하는 것을 말하지 않기에 함께 겉돌면서 덩달아 시간을 허비해야 한다.

이런 사람들은 이타적라기보다 자신감이 없다고 해야 하리라. 의견을 냈을 때 받아들여진 경험이 적거나, 지나치게 규율이 엄격한 가정에서 자랐거나,

양보를 강요받으며 살아온 것이 아닐까. 이들은 특정한 계기를 만나면 갑자기 지나온 날들에 격렬하게 억울함을 느끼며 자신에게 집중하게 되는 경우가 많다. 실제로는 큰 관련성이 없는 문제에서 '네가 나를 무시해서 그러는 것이다'라고 피해의식을 드러내기도 한다.

자기 자신에게 알맞은 분량의 애정을 투하할 줄 모른다는 점에서, 이들은 근본적으로 과도한 자기애를 보이는 사람들과 같은 문제를 갖고 있다. 반대되는 것처럼 보이지만 실은 같은 범주에 속해 있는 것이다.

　　과하지도 모자라지도 않게 나를 사랑하는 법을 익히지 못하는 사람은 언제나 자기 주위를 맴돈다. 자신이 내뿜는 자장 바깥으로 나가지 못하고, 둘러싼 타인들을 자기 편리대로 조각내 제 자장으로 끌어들인다. 일정 범주 안에서 희로애락의 감정과 습성을 단조롭게 반복해 경험하면서, 갖고 있던 관성을 시간과 함께 점점 강화해나간다. 이런 이는 당연히, 경청이라는 행위에 발을 담그지 못한다. 다른 이들의 의견에 습관적으로 고개를 끄덕이지만, 마음속으로는 끊임없이 제대로 내세우지 못한 '나'를 감싸고 돌며 안타까워하고, 상대에게

혼란스러운 메시지를 내보내다가, 김빠진 방식으로 제
의견을 관철시킨다.

5. 자기애

모두의 특성

지금까지 나열한 인간상을 읽는 동안 누구를 떠올렸는가?
친구의 얼굴이 떠올랐는가? 어머니 혹은 아버지의 얼굴이
떠올랐는가? 전 애인의 얼굴이 떠올랐는가? 아니면
자신의 지난날이 떠올랐는가?

　이쯤이면 눈치챘겠지만, 지금까지 그린 인물들은
모두 나 자신(정아은) 안에 있는 특성들을 인물로
의인화한 것이다. 지난날 나는 H, K, T, 그리고 자기애가

없는 사람처럼 행동했다. 아마 지금도 어느 순간엔, 이 인물들처럼 행동하고 있을 것이다. 우리는 모두 H, K, T, 자기애가 없는 사람을 거쳐, 마더 테레사나 석가모니라는 양극의 스펙트럼 안에서 왔다 갔다 하며 살아간다. H처럼 처음부터 끝까지 제 말만 하고 싶은 욕망을 채우는가 하면, 나와 아무 상관이 없는 사람을 위해 이타적인 행동을 한다. 인생의 어떤 시기를 지나고 있느냐, 혹은 어떤 인물과 만나고 있느냐 하는 세부 조건에 따라 그때그때 완전히 다른 자아를 내보내 활약하게 하는 것이다.

그러나 사람에겐 나이가 들수록 내부에 있던 여러 특성 중 한 가지를 비중 있게 늘려나가는 경향성이 있다. 일상에서 여러 자아를 바꾸어가며 장착하되 특정 자아가 높은 비율로 튀어나오게 하는 경향성이.

이삼십 대 시절, 나는 외제차, 억대의 자산, 화려한 연봉, 이런 걸 갖춘 이들에게 눈길이 갔고, 그 사람들처럼 살고 싶다고 생각했다. 흰머리의 영역이 넓어지고 3번과 4번 허리뼈 사이의 디스크가 탈출하려 드는 나이에 이르렀을 때, 비로소 다른 인간상이 눈에 들어왔다.

죽음이 내게서 그리 먼 나라의 일로 여겨지지 않게 되자 아름다움을 정의하는 기준이 달라졌다. 어차피 잠깐 살다 가는 세상, 숫자에 지나지 않은 돈을 쌓아 올리는 것보다, 보기 좋은 외양과 넓은 집을 갖추는 것보다, 타인들을 보듬으며 사는 편이 근사하지 않은가. 수혜자에게 빚이자 소금처럼 느껴질 절실한 도움을 주는 편이 더 아름답지 않은가.

어린 시절 내장했던 다양한 특성 중 특정한 부분이 뻗어나가 그 사람의 주요 자아로 자리 잡게 만드는 요인은 무엇일까. 왜 누군가는 자신 혹은 자신과 가까운 일부와만 교유하며 오로지 자신만을 위하다 한세상을 마감하는데, 누군가는 제 생명력의 범위를 넓혀 수많은 타인과 교감하다 가는가. 두 영역을 가르는 결정적인 요인은 무엇인가.

자아의 확장을 이루었던 이들의 삶을 살펴보면, 그 사람이 인생의 어느 시점에 자기성찰에 이르렀던 장면이 나온다. 나 하나만 생각하며 아무 생각 없이 살았는데, 어느 날 '고난'을 겪게 되고, 그 고난을 극복하는 과정에서 누군가를 만나고, 자신을 도와준 그 '누군가'로 인해 자신의 지난 모습을 돌아보게 되었다는 스토리가 펼쳐진다. 이 스토리를 음미해보면 그 사람이 지난날을 '돌아보도록' 만들어준 요인이 누군가와의 만남에서 왔음을 알 수 있다. 그는 어려움을 겪고 있었기에 그 누군가의 말을 주의 깊게 들을 수 있었고, 그 사람의 말을 폐부 깊숙이 받아들였으며, 내면 깊숙이 들어온 그 말의 울림으로 인해 자신의 모습을 냉철하게 되돌아볼 수 있었다.

그들은 인생에 한 번은 누군가의 말을 '주의 깊게 들을' 기회를 가졌다. 그전까지는 주위 사람들이 하는 말을 귀담아듣지 못했던 이가, 경청이라는 깊고 넓은 강에 발을 담그게 된 것이다. 그리고 그 한 번의 경청 행위가, 그 사람의 인생을 바꿔놓는다. 이렇듯 변화는, 나머지 인생을 통째로 바꾸어놓을 만한 규모의 변화는, 외부에서 온다. 내가 아닌 타인에게서. 영원히 낯설고 한없이 귀한 다른 생명체에게서. 그러니 자기성찰을 통해 변화를 이루어내는 건 타인에게 귀를 열어놓을 수 있는 사람만이 거머쥘 수 있는 특혜이다.

통찰에 이르는 100미터 달리기 대회가 있다고 가정해보자. 자기애가 약한 사람은 몇 미터 가지 못하고 인정욕구라는 방해물에 걸려 넘어질 것이다. 이런 이는 누구를 만나도, 어떤 이야기를 나누어도, 진정으로 대화에 몰입하지 못한다. 기회가 올 때마다 아니라고 외치며 자신을 내세우느라 타인과 일부분을 나누어 갖는 축제의 장에 발을 담지 못한다.

그렇다면 경청이라는 강에 어떻게 발을 담글 수 있을까. 경청 능력을 기르기 위해서는 반드시 고난을 겪어야만 하는 것일까. 사람이 타자에게 귀를 기울이게 만드는 데 고난만큼 좋은 게 없다는 건 불변의 진리이지만, 고난 외에도 다른 길들이 있다. 대표적인 길이 독서다.

독서는 또 하나의 경청 행위다. 작가가 제 인생을 통해 쌓아 올린 지혜를 책이라는 정제된 형태로 압축해 세상에 내보내면, 우리는 그 종이 더미를 가져와 조용한 곳에서 읽는다. 이 과정을 통해 문자를 통한 정성스럽고 신중한 말하기와 침착하고 집중적인 듣기가 이루어진다. 직접 대면해 눈을 맞추고 몸짓을 볼 수는 없지만, 우리는 작가의 경험과 지혜를 시공간의 제한 없이 나누어 받을 수 있다. 위인이라 평가받았던 인물의 자서전부터 사형수가

썼던 옥중일기까지, 다양한 인물의 다양한 내면을
진액 형태로 섭취해 영혼의 자양분으로 만들 수 있다.

독서 외에 다른 방법도 있다. 춤, 그림, 음악, 학문 등
인류가 수십만 년 동안 쌓아온 문화유산의 한 분야를 깊게
파고드는 것이다. 한 분야를 깊게 파고들어가 성실하게
연마하다보면, 어느 순간 자신과 대면하게 된다. 한
가지 분야에 몰두해 꾸준히 공부하고, 어느 지점에서 제
산출물을 만들어내게 되면, 그 과정에서 내가 누구인지,
내가 서 있는 곳의 지형이 어떤지를 파악하게 된다. 앞서
그 길을 걸었던 이들이 이룩해놓은 결과를 연구하고
감상하는 단계를 넘어 나만의 결과물을 만들어내는
순간, 그 사람은 이미 죽어 대지의 흙과 물과 바람이 된
인물들의 영혼과 교감하게 된다. 한 번도 만난 적 없고
음성을 들은 적도 없지만, 누구와 했던 것보다도 깊은
교유를 하게 된다.

어떤 사람은 제 모습과 대면해 각성하는 데 성공한다.
타인과 직접 대면하든, 책이나 예술작품을 통해서든, 한
분야에 몰두해 거장들과 영혼으로 만나든, 수많은 타자와
만나 그 영혼의 조각들을 제 안에 장착해 넣는다.

성숙한 사랑

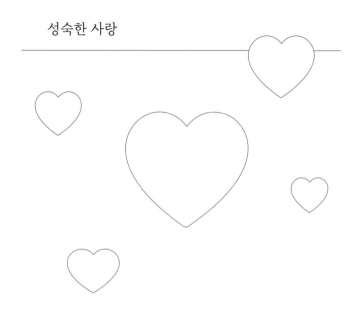

몇 년 전 프랑스를 여행하던 도중 나폴레옹 박물관에
들렀다. '앵발리드'라 불리는 그곳은 나폴레옹과 그 시대에
활동했던 군인들이 함께 묻혀 있어서, 전쟁박물관과
국립묘지를 합쳐놓은 듯했다. 나폴레옹은 대리석과
목조로 만든 커다란 관에 안치되어 있었는데, 건물에
들어선 사람들이 뻥 뚫린 공간을 통해 위에서 내려다볼 수
있도록 천장 높은 건물의 지하 정중앙에 놓여 있었다.

2층 난간에 기대서서 그 커다란 관을 내려다보는데, 형언할 수 없는 감정이 밀려왔다. 죽어서도 땅에 묻히지 못하고 후대인들에게 구경거리가 된 한 시대의 영웅에 대한 연민이 먼저 왔고, 그다음으로, '죽음'에 대한 인식이 왔다. 저런 사람도 죽는구나! 전 유럽을 손에 넣고 호령하며 스스로 황위에 올랐던 남자도 죽음 앞에선 별수 없구나!

다음 날엔 빅토르 위고의 집을 방문했다. 위고가 썼던 책상, 의자, 응접실을 살피고 마지막으로 침실을 둘러보는데, 임종하는 위고의 모습을 그린 그림이 눈에 들어왔다. 침대맡에 걸려 있던 작은 그림 속에, 프랑스를 대표하는 문필가가 누워 있었다. 하얗게 센 머리에 쭈글쭈글한 얼굴을 한 그 깡마른 남자는 상체를 살짝 일으키려는 자세로 얼굴을 찡그리고 있었다. 죽음 직전의 얼굴로 보이는 그 얼굴을 보는데 등에 좍 소름이 돋았다. 한 시대를 풍미했던 작가가, 프랑스의 정치와 문화에 지대한 영향을 미치고 후세에 막대한 정신적 유산을 남긴 대문호가, 저렇게 무기력한 모습으로 죽음을 맞았구나.

그날 이후 프랑스 여러 곳을 다녔다. 에펠탑, 루브르

박물관, 몽마르트르 언덕 등 유명한 장소를 많이 다녔지만 내 머릿속은 온통 '죽음'으로 차 있었다. 화려한 건물 지하에 놓여 있던 육중한 나폴레옹의 관과 작은 그림 안에서 보았던 백발 위고의 모습이 머릿속에서 똬리를 틀고 떠나가질 않았다.

그런 생각은 그 여행 이후에도 불쑥불쑥 찾아왔다. 죽음을 맞기 직전에 스티브 잡스가 했다는 말을 전해 듣거나, 우리 사회 민주화 운동의 대부라 불린 두 대통령들의 입관식을 매체에서 접했을 때, 나는 몇 번씩 사자死者가 된 그들의 생전 모습을 떠올렸다. 한 시대의 생활상을 통째로 바꾸어버린 '천재'가 그렇게 간단하게 정해진 운명에 무릎을 꿇었다는 사실이, 강력한 카리스마로 동시대인들에게 독재에 맞설 용기를 불어넣었던 한 국가의 지도자들이 그렇게 쉽게 죽음에 굴복했다는 사실이 믿기지 않았다. 생명력의 화신이었던 그들이 어쩌면 그리 선선히 죽음에 자신을 내주었단 말인가.

화려하고 매끈한 상품을 많이 파는 것이 선으로 여겨지는 자본의 논리에 의지하는 이 시대의 문화가,

세련됨이나 매끈함과 반대되는 지점에 있는 죽음을
치밀하게 은폐해왔고, 이 시대를 사는 우리는 죽음을
우리가 일상을 영위하는 공간(집)과는 관계가 먼,
어울리지 않는 것이라고 여기며 살게 되었다. 인간의
근원적인 시작과 끝인 탄생과 죽음을 '병원'이라는 차갑고
깔끔한 공간에서 타인의 손을 통해 이루어지게 하면서,
현대인들은 살아 숨 쉬는 속세 공간 너머의 세계를
없는 것으로 가정하며 살아올 수 있었다.

그러던 이들이 죽음에 눈을 뜨고 그 거대한 사건을
언제든 내게도 일어날 수 있는 '나의 일'로 받아들이는
것은 각기 다른 경로를 통한다. 혹자는 가까운 사람의
죽음을 통해, 혹자는 여행지에서 만난 타국 위인의 영묘를
통해, 혹자는 제 몸에 일어나는 노화의 징후를 통해.
그렇게 죽음을 제 일로 실감한 이후, 사람은 이전과는
다르게 살아가게 된다.

태어날 때부터 몸 안에 심겨 있던 죽음의 씨앗을
또렷하게 인식한 사람은 이후 접하는 모든 것에서, 만나는
모든 사람에게서 그 씨앗을 본다. 그 씨앗이 싹을 틔우고
성장해서 무럭무럭 자라는 모습을 본다. 우리가 역사라고

부르는 인류의 모든 기억이, 문화유산이라 이름 붙여진
모든 예술작품이, 그 씨앗이 성장해서 남긴 최종산물임을
알게 된다. 그동안 교과서와 박물관과 미술관에서
보았던 미술 작품들이, 콘서트홀에서 들었던 교향곡들이,
죽음이라는 절대 과제에 대한 우리네 선조 인류의 열렬한
응답이었음을 깨닫는다.

　　이 깨달음의 문턱을 넘어간 사람은 사랑에 대해서
다른 태도를 보인다. 이제 그 사람은 안다. 사랑이 얼마나
기적적인 일인지를. 두 사람이 만나 마음을 교환하는
행위에 서린 희귀성과 그 귀함을. 두 사람이 지금, 이 순간,
이 자리에서 함께 살아 숨 쉬고 말하고 바라보는 일이
기적 같은 일임을. 그런데 그 사람이 내게 특별한 마음을
주기까지 하다니, 이렇게 놀라운 일이 또 있을까.

　　사랑을 귀히 여길 줄 알게 된 그는 이제 완성된
형태의 사랑이 넝쿨째 굴러오기를 기다리지 않는다.
사랑이라는 개념과 조금이라도 닮아 보이는 일이
발생하면, 번개처럼 그 일에 대처한다. 내게 호감을 보이는
사람을 적극적으로 환대하고, 내 안에서 같은 강도의
호감이 일지 않더라도 괜찮다는 마음으로 그 사람을

이 깨달음의 문턱을 넘어간 사람은
사랑에 대해서 다른 태도를 보인다.
이제 그 사람은 안다.
사랑이 얼마나 기적적인 일인지를.
두 사람이 만나 마음을 교환하는 행위에 서린
희귀성과 그 귀함을.

받아들인다. 상대와 같은 강도가 아니어도 내게서 조금의 호감이라도 일고 있다면, 사랑할 수 있다고 생각한다. 죽음이라는 씨앗을 내장한 나와 상대의 유한함을 인식하고 조금이라도 서로 맞닿을 수 있게 해보려고 전향적으로 손을 내밀게 되는 것이다.

인간은 이런 과정에 '성숙'이라는 개념을 부여했다. 성숙. 몸과 마음이 자라서 어른스럽게 됨. 이렇게 어른이 된 우리는 이제 사람을 너그럽게 사랑한다. 언젠가 죽게끔 운명 지워져 있다는 면에서 나와 너무나 대등한 상대를 연민하며 작은 실수를 눈감아주고, 그가 가진 인성의 가장 좋은 핵심을 발견해 사랑하려 애쓴다. 전에는 단점과 모순으로 사람을 단정하고 교유를 끊어버렸다면, 성숙해진 나는 장점과 잠재된 가능성으로 상대를 바라보고 끌어안는다.

따뜻해진 시선은 지금 여기서 숨 쉬고 있는 인간만을 향하는 게 아니다. 우리와 다른 시대에 지상을 거닐었던 사람들, 지금은 지하에 묻혀 한 줌 뼈와 미생물로 화한 이들에게로도 향한다. 그들이 남긴 영혼의 조각들, 회화작품, 음악, 건축, 문학작품, 영상에 절절히 공감하고

애정을 느낀다. 내 사후에 살아갈 이들을 위해 지구를
소중히 여기고 환경을 보존해야겠다는 생각도 품는다.

　　성숙한 사람은 시간적으로 내가 살기 이전과 이후의
사람들에게로 사랑의 대상을 확장해나가면서, 동시에
공간적으로도 팔을 넓게 벌린다. 사람과, 사람이라는
생물종을 둘러싼 다른 동·식물, 대기, 하늘, 바다로 고루
눈길을 주며 공감하고 사랑한다. 그리고 마침내 나와
내가 아닌 것들 간의 경계가 흐릿해지는 때, 내가 세상
모든 이들과 동·식물, 대기의 일부이고 세상 모든 이들과
동·식물, 대기가 나의 일부인 것처럼 느껴질 때, 살아온
내내 품어온 공포심을 극복하고 최종 종착지에 용감하게
발을 들이게 된다.

에필로그

우리는 사랑이 우리의 외부에 있다고 생각한다. 내 바깥 어딘가에 절대적이고 고정된 형태의 '사랑'이 있어, 그것이 내게 오기도 하고, 오지 않기도 한다고 생각한다. 운 좋게 그 사랑이 내게 오면 참으로 좋겠지만 그렇지 않다 해도 어쩔 수 없다. 어쨌거나 내 몫이 아니었던 사랑은 결국 와주지 않을 것이기에. 그러니 나는 "내 안에 안전하게 기거하며 외부에 있는 절대적인 힘인 사랑이 언젠가

오기를 기다리면 된다"라고 되뇐다.

그러나 사랑은 외부에 있지 않다. 사랑은 내 안에 있다. 내 안에 가득 담겨 있다가 어느 순간 몸 밖으로 빠져나간다. 이 강력한 바람은 바깥으로 빠져나감과 동시에 나를 움직이고, 타인을 움직이고, 세상을 움직인다. 세상에 고정된 것, 그 자리에 못 박혀 움직이지 않는 것은 없다. 오늘 새롭게 생성된 세포로 가득 차 있는 나는 어제와는 다른 사람이고, 마찬가지로 어제와 다른 세포로 가득 채워진 채 내 앞에 서 있는 타인도 어제와는 다른 사람이며, 그렇게 달라진 사람들로 가득 찬 세상도 어제와는 찬연히 다른 세상이다. 사랑은 그렇게 유동하는 만물의 거대한 흐름 속에 순간순간 피어나는 꽃이다. 내 안에서 흘러나가 타인에게 착지했을 때 비로소 색과 형태를 입고 피어나는 눈부신 꽃.

생의 초반 한동안, 우리는 이 사실을 모른다. 사랑은 내 의지와 상관없는 일, 운 좋게 손에 넣으면 좋은 로또 같은 일이라 생각한다. 그러나 기나긴 인생의 어느 한 시점에서 우리는 알게 된다. 사랑이 어디에 살고 있는지를. 사랑이 기거하는 곳은 사람의 내부이다. 나의 내부,

혹은 내 눈앞에 있는 한 타인의 내부. 둘을 둘러싼 대기 한가운데 있는 어느 지점이 아니라는 말이다.

여기서 치명적인 함정은 나는 물론이고 내 앞에 선 한 타인 또한 이 사실을 모를 확률이 높다는 사실이다. 사랑이 어디에 기거하고 있는지, 어디에서 생겨나 어디로 흘러가는지. 운 좋게 어느 순간 둘 중 한 사람이 본래의 믿음(사랑은 나의 바깥에 있다는)을 깨고 제 안의 사랑을 내보내는 순간, 두 사람 사이엔 길이 열린다. 서로를 연결해주는 길, 소박하지만 가능성으로 가득 차 있는 길이.

사랑이 나의 바깥 어딘가에 있으리라는 믿음이 깨지는 데는 충동이라는 강력한 요인이 관여하기도 하고, 상대가 내보낸 바람의 힘이 관여하기도 하며, 프롤로그에서 말한 내 경우처럼 '실수'라는 우연이 관여하기도 한다. 여기에서 말하는 사랑은 한 사람을 향한 배타적이고 낭만적인 사랑을 포함한 보다 넓은 개념, 즉 친구 간의 사랑, 부모 자식 간의 사랑, 낯선 이웃을 향한 사랑, 예술에 대한 사랑, 인간이 아닌 생물 종들에 대한 사랑과 같은 광범위한 사랑이다.

사랑은 모든 인간이 도달하고자 하는 궁극점이다.

우리가 보기 좋게 몸을 가꾸고, 책을 읽어 내면을 살찌우고, 치열하게 노력해 사회 한구석에 자기 자리를 마련하려 하는 것은, 돈을 벌고 영향력 있는 자리에 오르려 분투하는 것은, 모두 사랑하기 위해서이다. 사랑하고, 사랑받기 위해서이다. 돈이 아무리 많아도 사랑받지 못한다면, 거대한 권력을 쥐고 있어도 누군가에게 깊은 사랑을 받지 못한다면, 돈이니 권력이 다 무슨 소용이겠는가.

사랑이 오지 않는다고 한탄하고 있는가.

그렇다면 앞으로도 사랑은 오지 않을 것이다.

사랑은 그대의 내부에 있기에.

내 안에 사랑을 가두어놓은 채 어찌 사랑이 오기를 바란단 말인가.

그러니 우리 오늘이라도 문을 열기로 하자. 사랑을 끄집어내 문밖으로 내보내자. 내보낸 사랑의 착지점이 모두 다른 모양과 색깔을 하고 있다는 점을 알아가면, 착지점을 연구하고 그 장소에 걸맞게 사랑을 내보내는 방식을 조율할 줄 알게 될 것이다. 상대에게 어울리는 방식으로 조심스럽게 사랑을 내보내고 받는 경험이 쌓일수록, 내 안에 자리 잡은 자아상에 변화가 생길 것이다. 내가 아닌 다른 생명체의 사랑을 받는 '나'라는 존재는 얼마나 귀하고 아름다운가! 내 안에서 사랑을 많이 내보낼수록 바깥에서 사랑이 들어올 기회 또한 늘어나고, 이렇게 주고받은 사랑의 경험이 쌓일수록 내가 나를 존중하는 감정, 즉 자존감은 탄탄히, 높게 쌓일 것이다.

유한한 인간인 우리는 모른다. 우리가 어디에서 왔고, 어디로 가게 되는지. 어제도 몰랐고, 오늘도 모르고, 내일도, 모레도 모를 것이다. 그러나 우리는 손을 내밀고, 눈을 맞추고, 입을 움직여 말할 수 있다. 사랑한다고. 너에게 가까이 가고 싶다고. 그렇게 말하는 순간, 우리는 우리의 유한성을 극복한다. 육신이 소멸한 뒤에도 영원히 남을 작품을 만들고 있기에. 사람은 가도 사랑하는 마음은 남는다. 영원히.

주/사진 출처

1   박근혜, 《나의 어머니 육영수》, 사람과사람(2000), 115쪽.

2   박근혜, 《나의 어머니 육영수》, 사람과사람(2000), 145쪽.

3   고명섭, 《이희호 평전》, 한겨레출판(2016), 409쪽.

4   박근혜, 《나의 어머니 육영수》, 사람과사람(2000), 19쪽.

5   고명섭, 《이희호 평전》, 한겨레출판(2016), 427쪽.

1판 1쇄 2022년 6월 10일

© 정아은

지은이 ♦ 정아은

펴낸이 ♦ 고우리

펴낸곳 ♦ 마름모

등 록 ♦ 제 2021-000044호 (2021년 5월 28일)

주 소 ♦ 서울시 마포구 신촌로 2길 19 마포출판문화진흥센터 305호

전 화 ♦ 070-4554-3973

팩 스 ♦ 02-6488-9874

메 일 ♦ marmmopress@naver.com

블로그 ♦ blog.naver.com / marmmopress

ISBN ♦ 979-11-978269-0-0 (03800)

평행하는 선들은 결국 만난다. 마름모 출판사.